LA VIERGE

DE L'INDOSTAN,

òu

LES PORTUGAIS

AU MALABAR.

DE L'INDOSTAN,

OU

LES PORTUGAIS

AU MALABAR;

Par Mme. Barthélemy HADOT,

Auteur des *Mines de Mazara*, de la *Tour du Louvre*, etc. etc.

TOME PREMIER.

PARIS,

PIGOREAU, LIBRAIRE, Place Saint-Germain-l'Auxerrois, no. 20.

1816.

DE L'IMPRIMERIE DE J.-B. IMBERT,

rue de la Vieille-Monnaie.

LA VIERGE

DE L'INDOSTAN,

OU LES PORTUGAIS

AU MALABAR.

~~~~~~~~~~~~~~~~~~~~~~~~~~~~~~~~

CHAPITRE PREMIER.

Content de son sort, loin de la cour et des flatteurs, qui en rendent le séjour dangereux, le noble dom Carlos habitait avec sa famille dans un magnifique château, situé sur le penchant d'une riante colline, à six lieues de Lisbonne.

Issu d'une illustre maison de Portugal, il se dévoua dans sa jeunesse au métier des armes, et par suite de ses travaux militaires, il devint général des armées de Philippe III, roi d'Espagne.

Contemporain du vaillant Spinola, son émule dans la carrière de la gloire, il obtint, comme lui, les faveurs de la cour; mais il en éprouva de même les caprices et l'ingratitude (1), et se retira

---

(1) La famille de Spinola, originaire d'Espagne, fut divisée en deux branches, dont l'une passa en Italie, et l'autre resta dans la patrie qui l'avait vu naître.

Ambroise Spinola se mit à la tête de neuf mille Italiens, et alla servir dans les Pays-Bas, où il signala son courage. Le siége d'Ostende, commencé par l'archiduc d'Autriche, et pour lequel Philippe III avait fourni un contingent de trente mille hommes, traînait en longueur, et depuis trois années les pertes des assiégeans et celles des assiégés étaient de plus de quatre-vingt mille combattans. Spinola fut envoyé pour terminer la querelle; et bientôt sa valeur et sa prudence triomphèrent de toutes les difficultés; il emporta cette place célèbre en 1604. Il fut ensuite nommé généralissime des armées d'Espagne dans les Pays-Bas, et s'y

dans ses domaines. Il avait épousé
Isabelle de la Farre, jeune napolitaine,
de la plus grande beauté. Elle était nièce
de Spinola, qui lui abandonna la moitié
de l'immense héritage qu'il possédait, et
vécut avec lui pendant plusieurs années
dans une intimité parfaite.

Dom Carlos n'avait encore que trente-
six ans, lorsqu'il se retira pour la première fois du service. Sa famille n'était
pas nombreuse : un seul fils, nommé
Alphonse, lui donnait les plus heureuses
espérances.

La félicité, dont il goûtait les dou-
ceurs, n'eût peut-être eu d'autre terme

_____

soutint pendant quelque temps, quoiqu'il eût
pour adversaire Maurice de Nassau, prince
d'Orange : cependant, malgré sa valeur, Spinola
perdit plusieurs batailles, et fut disgracié après
quarante ans de service sous les règnes de
Philippe II et III.

que la fin de son existence, si l'amour
de la gloire, cette noble ambition, qui
ne s'éteint jamais dans le cœur d'un
guerrier, ne se fût offert à lui sous l'aspect le plus séduisant. Mon cher neveu,
lui disait souvent le vieux général, que
mon exemple te serve d'une utile leçon.
J'ai consacré ma vie au service de l'état;
mon sang a coulé pour assurer le pouvoir
de Philippe III, et néanmoins je me suis
vu contraint à quitter la cour, dont l'ingratitude allait me bannir.

Mon Isabelle, ajoutait-il, en s'adressant à sa nièce, emploie tout l'ascendant
que te donnent tes charmes et tes vertus,
pour retenir dans tes chaînes un époux
qui t'adore, mais qui brûle de voler de
nouveau au combat. J'avais pensé que
ma disgrâce, après la prise de Bréda, où
nous nous étions couverts de gloire l'un
et l'autre, l'aurait convaincu de la perfidie des courtisans, et de l'injustice de

bien des souverains ; mais hélas ! à peine trois ans se sont-ils écoulés dans un paisible repos, fruit heureux du témoignage consolant d'avoir rempli ses devoirs, que déjà il veut recommencer à parcourir une carrière souvent plus fertile en épines qu'en lauriers.

Ah ! mon oncle, répondit la jeune et belle épouse, je sens la vérité de ce que vous dites, et vous me voyez désolée du changement subit opéré dans la manière de penser de dom Carlos.

En effet, celui-ci qui avait mille fois vanté le bonheur de la vie tranquille que l'on passe à la campagne, les charmes d'une union formée par l'amour le plus ardent, ce guerrier, dont l'armure était réunie à celles de ses aïeux dans une vaste salle vers laquelle il ne tournait jamais ses pas, semblait être en proie à la plus sombre mélancolie.

La tendresse de sa femme, l'amitié

de son oncle , les innocentes caresses de son fils ne lui causaient plus la même émotion ; et lorsque son oncle lui demandait la cause d'un changement aussi prompt, il lui répondait : Je n'ai point encore payé entièrement ma dette à la patrie. Elle a pu être injuste envers vous , envers moi ; mais je n'accuse de mes disgrâces que les flatteurs et les envieux, dont Philippe III était environné. Je touche à peine à mon septième lustre , et je ne suis plus rien. Ah ! mon oncle, ajoutait-il , vous avez servi pendant quarante années ; votre nom , qu'ont illustré les plus nobles conquêtes, ne périra jamais , tandis que le mien est à peine tracé au temple de mémoire. Je veux prouver , par ma valeur , que ma disgrâce ne fut point méritée , et faire rougir d'une honte ineffaçable les lâches, qui, par leurs basses calomnies, ont osé la provoquer.

Le vaillant Spinola, dont l'âge avancé n'avait pu faire vieillir le courage, ne condamnait son neveu que faiblement. D'ailleurs, il s'était opéré une révolution subite à la cour d'Espagne. Les hommes susceptibles de quelqu'énergie semblaient ne plus avoir à redouter les malheurs que causent dans un grand état le fanatisme, l'intolérance et la faiblesse du prince. Philippe III venait de mourir après un règne de vingt-trois ans, et qui n'eut d'autre gloire que celle que lui acquirent ses généraux. Son successeur faisait concevoir les plus heureuses espérances.

Philippe IV avait atteint sa vingtième année. C'était un prince doué des meilleures qualités. La noblesse de son âme ne le cédait qu'à la bonté de son cœur.

Sa taille était haute, sa figure expressive et belle; son abord facile, son air affable, sa pénétration étonnante. Il semblait souvent que son regard inquiet cherchait à démêler dans la foule qui l'entourait, le malheureux qui réclamait sa pitié généreuse ; et plus d'une fois le bienfait précédait la demande.

Un tel souverain était fait pour cicatriser les plaies de la patrie causées par le fanatisme de ses prédécesseurs, qui, par leur persécution contre les hérétiques, dépeuplèrent une partie de l'Espagne et du Portugal; car, peu de temps après la conclusion de la trève de douze ans que Philippe III fit avec les Provinces-Unies, il rendit une ordonnance dont la vraie religion et l'humanité n'avaient point été les bases. Neuf cent mille hommes, tant juifs que maures, furent chassés de ses états, et laissèrent, par ce cruel moyen, des provinces entières dépeup'ées; enfin, neuf cent mille malheureux furent proscrits.

A peine Philippe IV se fut-il emparé

des rênes du gouvernement, qu'il s'em-
pressa de rappeler une partie des exilés,
et de modérer, autant qu'il lui était
possible, les fureurs de ce tribunal terrible, dont l'Espagne était déjà la
victime.

Sa douceur et sa modération lui ga-
gnèrent bientôt tous les cœurs. Il rappela aussi près de lui les généraux qui
s'étaient vus forcés à s'éloigner des armées
et de la cour. Dom Carlos et Spinola
furent de ce nombre.

Combien le premier éprouva de joie,
en apprenant cette nouvelle ! Il avait
presque été contraint à cacher son désir,
pour ne point affliger son épouse. L'a-
mour, pendant plusieurs mois, fit taire
la gloire ; mais la volonté du monarque
lui permit de s'exprimer librement.

Mon Isabelle, lui dit-il un matin, la
tendresse que tu m'as inspirée, l'eût
emporté, sans doute, sur l'amour de la

gloire; mais aujourd'hui je ne puis plus résister. Le roi m'a demandé. Mon bras, mon courage lui appartiennent, je vais partir, mais mon oncle restera près de toi : il est ton ami, ton père. Sa tendresse te consolera de mon absence. Les soins que tu donneras à l'éducation de notre enfant, embelliront ton existence; tu graveras dans le cœur de mon cher Alphonse les nobles sentimens de l'honneur. Qu'il possède toutes tes vertus, et rien ne pourra égaler le bonheur de dom Carlos.

Tu me connais, ajoutait-il; ce n'est point une coupable ambition qui me détermine. Comblé d'ailleurs des bienfaits de la fortune, il ne me resterait rien à souhaiter, si mon prince ne réclamait mes services; si ce désir impérieux, qui subjuge les guerriers, ne me disait sans cesse : Tu n'as encore fait que fort peu de chemin sur la route qui mène à l'immortalité; hâte-toi de rentrer dans une carrière qui doit rendre à jamais célèbre le nom que tu laisseras à ton fils.

C'était avec ces raisonnemens que l'époux d'Isabelle imposait silence à son cœur.

Il éprouvait une peine réelle à quitter la mère de son aimable enfant; mais plus son sacrifice était grand, plus il croyait devoir l'accomplir promptement.

C'est ainsi que doit se conduire un guerrier qui ne compte pour rien le bonheur, quand il n'est pas le prix de ses brillans exploits.

CHAPITRE II.

LE château de dom Carlos, placé dans la plus belle situation, présentait un aspect enchanteur.

Bâti sur le penchant de la colline la *Riche*, ainsi nommée en raison de ses productions, il dominait sur le Tage. Ce lieu charmant était un véritable paradis terrestre.

Les bienfaits que répandaient sans cesse Isabelle et son oncle Spinola, faisaient de ces deux êtres généreux des protecteurs, que les habitans des villages voisins regardaient comme des divinités.

Qu'on est heureux de pouvoir se dire à soi-même : On bénit mon nom; en se levant, en se couchant, la veuve et l'orphelin appellent sur moi les bénédictions du ciel, et leur reconnaissance me paye avec usure des légers sacrifices que l'homme riche doit à son semblable !

Isabelle associait souvent à la distribution de ses libéralités, une sœur plus jeune qu'elle de neuf années ; mais non moins belle, ni moins sensible.

La charmante Célina comptait seize printemps. Dans cet âge, où tout invite au plaisir, elle n'était occupée qu'à former son esprit, à compléter, par un travail assidu, une éducation déjà brillante, à laquelle avait présidée la meilleure comme la plus regrettée des mères.

Les autres habitans du château de la Riche Colline étaient un intendant, honnête homme ; un aumônier, digne de son saint ministère, et un jeune Portugais d'une famille peu riche, et qui ayant été adopté par le général Spinola, était aussi cher à ce vaillant guerrier, que s'il eût été son fils. Avec ces différens personnages, qui animaient l'intérieur du châ-

1.   1 *

teau il en existait plusieurs autres, tels qu'écuyers, gouvernantes, jardiniers, etc. qui, tous contens de leur sort, se félicitaient d'appartenir à d'aussi bons maîtres.

Ce fut un moment douloureux pour tous, lorsqu'ils apprirent que dom Carlos allait reprendre les armes : ceux qui avaient eu le malheur de perdre un père tendrement aimé, se persuadaient que ce coup affreux devait les frapper de nouveau.

On était aux premiers jours de février, et le départ du vertueux seigneur de la Riche Colline était arrêté pour le 15 de mai ; il fallait qu'à cette époque il fût rendu à Madrid pour y recevoir les ordres de Philippe, et connaître enfin la destination des corps nombreux qui se formaient de tous les côtés. Le général Spinola, déjà avancé en âge, n'en brûlait pas moins du noble désir d'accom-

pagner son neveu dans les combats ;
mais le roi, qui connaissait tout le mérite de ce vieux guerrier, voulut se l'attacher plus particulièrement encore. En
conséquence il le nomma chef de son conseil, et premier ministre. Ce n'était point
là une faveur, mais un acte d'équité ; car
il mettait sa gloire à réparer les injustices que l'on avait fait commettre à son
père.

Isabelle, qui se voyait forcée de laisser
partir son époux, espérait pouvoir au
moins conserver son oncle, à qui elle
était fort attachée ; mais cela devint impossible, et la jeune mère de famille,
soumise à la nécessité, se prépara avec
calme à cette douloureuse séparation.

Pour assurer la tranquillité et le bonheur de Célina, son oncle pensa devoir
lui donner un époux, et ne présumant
pas que le cœur de sa nièce bien aimée
eût encore éprouvé les sensations d'un

amour naissant, il jeta les yeux sur un parti qu'il crut sortable, autant par la fortune que par la noblesse; mais il ne considéra point la jeunesse de Célina. Il cherchait, en lui donnant un époux, à lui donner en même temps un protecteur, sans se persuader qu'à seize ans on veut aimer l'amant, avant de le prendre pour mari.

Le comte Fernando fut donc l'objet du choix du vieux maréchal, qui, n'ayant connu d'autre amour que celui de la gloire, regardait les nœuds du mariage, qu'il n'avait jamais serrés, que sous les rapport d'un engagement réclamé par l'intérêt de la société, et que doivent former la raison et les convenances.

Ainsi s'était conclu l'hymen de sa nièce Isabelle; il n'avait nullement consulté son inclination. Le plus fortuné des hasards présida sans doute à cette alliance; car il n'était point de femme qui fût plus heureuse que la tendre épouse de dom Carlos. Elle-même pensa assurer le bonheur de Célina, et lui causér une agréable surprise, en ne lui parlant de son mariage que le jour où il serait définitivement arrêté.

Combien elle se trompait! Son aimable sœur était assujétie au pouvoir de l'amour; mais elle ne le connut elle-même qu'à l'instant où son oncle lui parla de l'époux qu'il croyait aussi digne de sa tendresse, qu'il le présumait digne de son estime.

Le comte Fernando était un homme de quarante ans, grand, bien fait, spirituel, mais grave et sérieux; contraste frappant avec une jeune personne de seize années, qui, bien qu'elle fût très-appliquée aux sciences, avait tout l'enjouement et la franche gaîté si naturelle à son âge.

Elevée avec Florestan (c'était le

Portugais dont le général Spinola avait
protégé l'enfance) , il s'était établi entre
elle et cet aimable jeune homme celte
douce amitié qui s'accroît avec le temps,
et se fortifie par l'habitude de vivre ensemble. Ce lien, qui, pour des frères,
est presqu'indissoluble, a plus de force
encore quand l'amour vient y joindre
ses charmes ; cependant il fallut que l'on
parlât de mariage à Célina, pour lui
faire connaître qu'elle aimait réellement.

Florestan avait atteint sa dix-neuvième
année ; son physique était charmant, son
esprit éclairé, son âme noble , son caractère aimable, son cœur sensible et
généreux.

Avec d'aussi heureuses qualités, il
était bien difficile que Célina ne fût pas
vivement éprise de celui auquel, depuis
quatre ans, elle ne donnait plus d'autre
nom que celui d'ami.

Leur attachement était si sincère, si

naturel, qu'ils ne se le prouvaient point par de vaines démonstrations. Florestan n'était près de sa jeune amie qu'un frère prévenant, qui volait au-devant de ses moindres désirs.

Il n'était point étranger au sentiment qu'il éprouvait; mais il se gardait bien de déclarer son amour à celle qui l'avait fait naître.

Quoiqu'issu d'une noble famille, il existait entre ces deux amans une distance que le jeune Portugais ne croyait jamais pouvoir franchir. La fortune de Célina était immense, et il ne possédait ien qu'il ne dût à la générosité du général Spinola. Comment eût-il osé prétendre à la main de sa nièce! mais l'adorer sans espoir, n'avoir pas une volonté qui ne fût la sienne, la respecter comme une divinité, tels étaient les sentimens dont le tendre Florestan était sans cesse animé.

Quelquefois cependant sa jeune imagination lui présentait des idées plus riantes. Il venait d'atteindre l'âge où son bienfaiteur lui avait promis qu'il lui ferait prendre le noble métier des armes. Il pourrait s'illustrer par sa valeur, rendre de grands services à l'état, et mériter, par des exploits éclatans, une récompense qui seule flattait son cœur. Aussi dès l'instant où il fut instruit que Philippe IV rappelait près de lui une famille que des lâches flatteurs avaient à dessein éloignée du trône, il courut se jeter aux pieds de son père adoptif. Sa joie, son espérance étaient si vives qu'il pouvait à peine s'exprimer. — Eh bien, Florestan, lui demanda le général, qu'as-tu donc? pourquoi ce trouble, cette émotion?

O mon père! lui répondit le jeune homme, en saisissant sa main, qu'il baisa tendrement, je vous dois tout;

oui, tout, jusqu'à l'air que je respire ; je n'oublierai jamais que, privé de mes parens, dès l'âge le plus tendre, vous avez pris soin de moi. Ah ! ma vie entière ne suffirait point pour vous prouver ma reconnaissance.

Mon cher Florestan, lui répartit le général, j'ai rempli à ton égard les devoirs sacrés de l'amitié et ceux de l'honneur.

Ton père, le marquis de la Breska, était un guerrier recommandable par ses talens militaires. Après avoir servi vaillamment son prince et sa patrie pendant l'espace de six années, il mourut à la journée d'Ostende, qui fut si glorieuse pour l'armée d'Espagne.

Il était veuf depuis l'instant où la nature lui avait accordé le titre de père, et ne possédait d'autre fortune que son épée et un nom sans tache ; lorsqu'à mes côtés il reçut le coup fatal qui te

1. 2

privait de tous secours, il me tendit la main, et recueillit le peu de forces qui lui restaient encore, pour me supplier de prendre soin de toi.

Général, me dit-il d'une voix presqu'éteinte, un guerrier voit approcher la mort sans effroi, surtout quand elle lui doit frayer le chemin qui conduit à l'immortalité ; mais lorsqu'il est père, son dernier regard se porte sur l'objet infortuné de toutes ses affections. J'ai un fils ; le ciel l'a privé depuis sa naissance de celle à qui il doit la lumière. Ah ! promettez à votre compagnon d'armes de protéger cette faible créature, de lui servir enfin du père qui va lui être ravi.

Je pris la main défaillante de ce noble officier, dont le teint décoloré et les yeux presque fermés annonçaient une fin trop prochaine, et je jurai par la victoire et par le saint nom de Dieu qui nous l'avait accordée, de te regarder comme mon fils. Tu sais, ajouta-t-il, mon cher Florestan, si j'ai fidèlement observé le serment que j'ai prononcé sur le champ d'honneur.

O mon père! vous avez fait mille fois plus que je n'avais droit d'espérer. — Cependant, mon ami, tu sembles avoir quelques demandes à me faire. — Je viens de voir finir ma dix-neuvième année, je dois à votre bienveillance une éducation achevée, et je sens naître depuis long-temps le vif désir de la gloire : il me semble que le cri de la patrie retentit sans cesse dans mon cœur. Mon père, mon unique bienfaiteur, permettez-moi de vous suivre. C'est dans les rangs de nos braves Espagnols que je veux prouver que je suis un élève du vaillant Spinola, de ce héros qui ne peut connaître de rivaux ni en gloire ni en générosité.

Le général fut un instant sans lui répondre, et Florestan craignit de lui avoir déplu. Il attendait en silence la décision de son bienfaiteur.

Mon ami, ta demande est une preuve de la noblesse de tes sentimens. Je ne m'attendais pas à moins de ta part; mais je voudrais que tu ne partisses d'ici qu'à l'époque de la seconde campagne. Isabelle et Célina sont affligées de notre départ, elles t'aiment comme si tu étais leur frère; il ne faut pas leur ravir au même moment tous les êtres qui leur sont chers. Demeure encore une année dans ce château. Deviens, en notre absence, leur consolateur, comme tu es depuis long-temps leur véritable ami; cependant je ne te commande rien. Je te prie, et te laisse même huit jours pour faire tes réflexions; ce court délai passé, si tu veux nous suivre, tu me le diras, et je donnerai l'ordre de préparer ton bagage.

La prière de Spinola était trop bien exprimée pour que Florestan ne se crût pas obligé d'y céder, sans faire même une seule observation.

Près de trois mois devaient encore s'écouler, avant le départ de dom Carlos et de son oncle ; et ce fut pendant cet intervalle, que se formèrent les projets de mariage relatifs à la belle Célina.

CHAPITRE III.

Eh! bien, mon père, il est donc vrai que Monseigneur doit bientôt partir pour Madrid? demandait Anna à Lazarille (c'était le nom d'un des écuyers de dom Carlos) : comme nous allons être tristes pendant son absence! sera-t-elle longue? — Je n'en sais rien, ma fille. — Vous ne le suivez pas? — Moi, ne pas suivre le meilleur des hommes, le plus vaillant des guerriers; détrompe-toi; j'ai déjà fait plusieurs campagnes avec lui, et j'espère que celle-ci ne sera pas la moins intéressante : il s'agit de se mesurer avec des Français, et corbleu! il y a de la gloire à acquérir, car ee sont des diables. Ils veulent nous enlever plusieurs places importantes de l'Italie; il faut savoir enfin s'ils seront nos maîtres.

Ah! mon dieu, qu'il est malheureux d'entendre toujours parler de guerre, de bataille! — Eh! bien, si c'est mon goût. — Cela est possible ; mais ce n'est pas le mien. Vous m'aviez dit que dans six mois je serais la femme de Pédro, et si vous partez, adieu mon mariage. — Il sera temps d'y penser à mon retour. — Oui, et si vous êtes trois ou quatre ans sans revenir? — Eh! bien, vous attendrez. — J'ai déjà vingt ans, je serai trop âgée. — Eh! bien, tu resteras fille. — Ah! mon père, cela vous est bien aisé à dire. — Je te ramenerai un mari de mon choix. — Je n'en veux point d'autre que Pédro. — C'est un imbécille, que ton Pédro, et toi, fille d'un écuyer de Monséigneur, suivante, presqu'amie de la senora Célina, tu ne peux pas, tu ne dois pas épouser un simple jardinier. — Comment! vous ne voudriez plus consentir à me le donner pour mari?

— Je prétends maintenant que tu sois la femme d'un militaire. — Si je n'aime pas celui que vous me proposerez? — Cela viendra. — Mais quel est-il? où est-il? — Je n'en sais rien encore, et je te répète que je le choisirai parmi les soldats de Monseigneur. Qui sait si je n'aurai pas pour gendre un caporal, un sergent, ou peut-être un officier !

Ce fut en vain qu'Anna promit à son père de ne jamais oublier son cher Pédre, Lazarille était fort entêté. Il ne voulut rien entendre, et finit par lui dire : Une fille soumise et sage aime par la volonté de son père, et jamais autrement. Je te parais sévère ; mais je suis en cela l'exemple de dom Carlos, qui va marier sa sœur, et qui ne l'a pas consultée. — Que dites-vous, mon père? on va marier ma maîtresse !—Oui.—Avec le seigneur Florestan? ah! tant mieux. — Ce n'est point avec lui. — Qui vous a dit cela ?

—J'en suis certain; mais songe bien à n'en pas parler à la jeune personne : on veut lui ménager le plaisir de la surprise. —Comment s'appelle le prétendu? —Je ne le sais pas encore au juste. J'ai bien quelques soupçons. — Faites-les moi connaître. — D'abord, ce n'est pas un jeune homme. — Eh quoi! la jolie Célina serait la femme de quelque vieux barbon! — Je n'ai pas entendu parler de cela; ce que je présume seulement, c'est que le futur peut avoir mon âge. — Votre âge, mon père! — Oui, est-ce que je suis un vieillard? — Un père ne semble jamais être vieux; mais un mari, ah! cela doit être bien différent. Moi, voyez-vous, je pense qu'il faut qu'il soit jeune comme l'est Pédro, ou bien le seigneur Florestan. — Surtout ne va pas répéter de telles sottises à la sœur de dom Carlos. — Ah! soyez bien tranquille; je ne veux pas la priver du grand plaisir que doit lui causer la surprise qu'on prétend lui faire.

Lazarille n'avait réellement entendu que fort peu de chose, encore ne le devait-il qu'à la curiosité.

Un soir que le maréchal était avec son neveu, dans un des bosquets du jardin, l'écuyer entendit ce que disait ce dernier.

Mon oncle, Célina n'est âgée que de seize ans, vous lui donnez un mari qui en a près de quarante, cela me paraît être bien disproportionné. Sois sans inquiétude, avait répondu Spinola, je suis assuré de la docilité de ma nièce; elle n'aime encore personne, et je suis persuadé que le choix que nous avons fait pour elle la surprendra agréablement; je dis nous, car le comte a reçu ton approbation; il est ton ami.

L'écuyer avait défendu à sa fille d'instruire sa maîtresse de ce qui se passait;

mais dans un péril imminent, il faut
donner des preuves de sa fidélité : d'ailleurs, le sort d'Anna semblait être lié
à celui de la nièce du général.

Comment, se disait-elle, je souffrirais
paisiblement qu'on me ravît la douce
espérance d'épouser un jour celui que
j'aime ! Croit-on donc que le cœur d'une
fille soit comme une ville de guerre que
l'on attaque, ou qu'on rend à volonté ?
Ah ! je veux prouver qu'une tête de
femme bien organisée peut renverser
leur beau projet.

D'abord elle s'occupa de ses propres
intérêts avant de songer à ceux de la
belle Célina, et alla prévenir Pédro de
tout ce qu'on voulait entreprendre contre
leur mutuelle tendresse.

Elle courut au jardin, où elle était
bien certaine de le trouver.

Dès que Pédro aperçut sa chère Anna,
il vint à sa rencontre, tenant quelques

fleurs printannières, dont il lui fit hommage , après avoir désigné celles qui étaient pour l'épouse de dom Carlos et pour la senora sa sœur.

Ces fleurs sont bien belles , dit le galant jardinier; ne me vaudront-elles pas un baiser de la part de ma petite Anna? — Ah! mon ami, plus de baiser, de gaîté , de bonheur; il faut y renoncer, et pour toujours. —Que veux-tu dire? demanda Pédro. —Que le démon infernal de la guerre a gagné toutes les têtes , jusqu'à celle de mon père, et qu'il ne veut plus que je sois ta femme. — Et pour quelle raison? — Tu ne le devines pas? — Non. — Il prétend que je sois unie à un soldat. — Et quel est ce vaillant militaire, qui doit m'enlever celle que j'aime? — Je ne le connais point. — Eh! quoi! ton père ne te l'a pas nommé? —Il ne le connaît pas lui-même. Il doit, dit-il, le choisir dans le

régiment que Monseigneur va commander. — Eh! bien, s'il ne faut que se
faire soldat, je vais partir. — Non, demeure au contraire, et comme je t'aime,
je te promets que tu n'auras point à
craindre mon infidélité. Je ne t'épou-
serai pas malgré mon père; mais je jure
bien de ne point me marier malgré moi.
Ce serment doit te tranquilliser. — Je
voudrais bien parler à ton père; je lui
ferais entendre raison. — Cela est impossible maintenant; il est si entiché de
l'amour de la gloire, qu'il se croit déjà
presque général d'armée.

Si tu le voyais, depuis trois jours il
est occupé à polir ses armes, à préparer
son casque et tous les attirails de guerre.
Il n'est plus même possible de rire auprès
de lui; et il nous force, ma mère et moi,
à écouter le récit des prouesses de Monseigneur, qu'il regarde comme les siennes
propres.

Si on le croyait, je pense que dans son ardeur belliqueuse il ne laisserait pas un seul homme dans le château, à la réserve de l'aumônier, de l'intendant, et sans doute, par grâce, du mari que le maréchal Spinola va donner à sa nièce.

Comment un mari! Ah! tant mieux; car c'est sans doute l'aimable Florestan, dit avec joie Pédro. — Non, mon ami; non, il est trop jeune. — Mais il a mon âge; le maréchal compte sans doute l'emmener avec lui? — Tout ce que je puis te dire, c'est que ma pauvre maîtresse, peut-être la plus jolie personne qu'il y ait à cinquante lieues à la ronde, est destinée à un jeune amant de quarante ans. — Tu plaisantes? — Non, la chose est très-sérieuse. — Et tu crois qu'elle consentira!!! — Ah! je ferai tout mon possible pour l'en empêcher. — Tu connais le futur? — Non, ma foi; mais je vais aller la prévenir du cadeau que l'on prétend lui faire.

En effet, Anna, après avoir rassuré Pédro sur les craintes que ses premières paroles avaient jetées dans son âme, se rendit à l'appartement de Célina, qu'elle trouva occupée à dessiner.

Elle n'avait point de modèle, et son crayon délicat rendait les traits de celui qu'elle nommait toujours son ami.

Elle était tellement attentive à son ouvrage, qu'elle ne vit ni n'entendit entrer la fille de l'écuyer.

O senora, comme il est ressemblant! dit celle-ci, qui s'était appuyée doucement sur la chaise de sa maîtresse. —Tu le reconnais, ma bonne Anna?— Oui, il est frappant; c'est bien son air de bonté. Quels beaux yeux! voilà son sourire. Ah! ma chère maîtresse, voilà ce qu'on peut appeler un bel homme.

—Il est aussi aimable, qu'il est bien de figure.

Ah! répond la rusée soubrette, qui voulait pouvoir lire dans le cœur de Célina, la femme qu'il épousera sera bien heureuse.—Je le crois, répliqua la nièce de Spinola, en laissant échapper un soupir. — Senora, je pense qu'il vous aime bien tendrement. — Qui te l'a dit? — Je m'en suis aperçu. — Il a pour moi l'attachement qu'on ressent pour une sœur; c'est de l'amitié. — C'est de l'amour, je vous le promets. Pauvre jeune homme! ajouta-t-elle, s'il savait que vous allez bientôt appartenir à un époux, et qu'il ne pourra conserver la plus légère espérance, il serait au désespoir. — On va me marier! mais tu as rêvé le conte que tu me débites. — Non, ce n'est point un songe; je tiens cela de mon père, qui, à l'imitation du général, votre oncle, voudrait aussi me contraindre à prendre un mari de son goût; mais j'ai du caractère, et si vous voulez me croire, refusez ouvertement celui que l'on va vous proposer peut-être aujourd'hui.

Ce qu'Anna venait de dire, troubla Célina. Pour la première fois elle sentit qu'il serait cruel d'être séparée de Florestan. Son cœur battit avec force, et la crainte d'un malheur auquel elle n'avait jamais pensé, lui apprit qu'elle ressentait pour Florestan beaucoup plus que de l'amitié.

Les deux jeunes personnes firent un examen exact de tous les seigneurs espagnols et portugais qui venaient au château; mais elles ne purent connaître celui qui avait mérité de fixer le choix du général.

Quoi! dit Célina, mon oncle disposerait de moi sans me consulter! Ah! pourquoi me marier? je suis si jeune

1.   2*

encore ! — Vous ne le seriez pas trop,
si le mari était aimable; mais comme on
ne peut l'être, quand on est vieux , dites
un non ferme, lorsqu'on vous amenera
cet amant de près d'un demi-siècle. Votre
oncle, qui s'est toujours battu , n'a point
connu l'amour ; il croit que ce qu'il trouve
bien, un autre doit le trouver de même:
mais il faut lui prouver qu'en affaire
de cœur, de jeunes filles ont plus de
discernement que le plus fameux général de l'Europe. Il ne s'est point trompé
lors du mariage de votre sœur; le ciel a
permis que le noble dom Carlos fût réellement digne d'elle, je le sais; mais enfin
vous m'avez dit vous-même que notre
bonne maîtresse avait été conduite à
l'autel sans connaître celui qu'elle allait
jurer d'aimer toute sa vie.

Il est vrai, répond Célina , depuis la
mort de la marquise, notre mère, nous
étions, Isabelle et moi, dans un couvent

à Lisbonne, où la bonté de notre oncle
ne nous laissait manquer de rien. Nous y
vivions autant heureuses qu'on peut l'être
dans un cloître. Lorsque le général fut
obligé de partir, pour aller tenter le siège
de Bréda dans le Brabant hollandais, il
vint nous rendre une visite. Il était accompagné de dom Carlos ; il s'adressa à
ma sœur, et lui parla en ces termes :

« Tu as bientôt dix-huit ans ; je vais
partir pour l'armée. Les chances de la
guerre sont incertaines ; je puis trouver
la mort au milieu des combats, et je
veux ne point laisser mes nièces sans
appui dans un monde où tout est piége
et séduction. Ainsi, je vous laisse entre
les mains d'un ami. Le vaillant dom
Carlos, qui s'est attiré l'estime de Philippe III et l'amour des soldats, est l'é-
poux que j'ai choisi pour Isabelle. J'aime
à penser qu'elle n'opposera aucune résistance à ma volonté, qui s'exécutera

dans trois jours. L'époux que j'ai choisi pour ma nièce a obtenu du roi la permission de résider six mois dans son château des Collines, ensuite il viendra me rejoindre. »

Ma sœur ne put se défendre d'éprouver une vive émotion ; cependant l'objet que mon oncle lui présenta était aimable, et bientôt une douce sympathie lui montra dans cette union l'espoir d'un bonheur certain.

Deux jours après la visite de mon oncle, ma sœur reçut de magnifiques présens de noces, et le lendemain elle devint l'épouse d'un seigneur qui méritait bien d'être tendrement aimé.

C'est à merveille, reprend Anna ; mais votre sœur épousait un homme jeune encore, et l'on va vous donner un vieillard : elle n'aimait point, et vous aimez.

— J'aime, dis-tu ? mais je ne le crois pas.

— Et moi, j'en suis certaine : allons, ne

me cachez rien, ma bonne maîtresse, et par une obéissance funeste, n'allez point vous rendre malheureuse.

Ce conseil produisit tout l'effet qu'Anna en attendait. Célina promit de ne point céder aux propositions qui devaient lui être faites.

Quelques jours s'écoulèrent encore avant que le général ne parlât à sa nièce du mariage projeté. La soubrette instruisit Florestan de tout ce qu'elle savait, et ne lui laissa pas ignorer que Célina l'aimait assez pour résister à son oncle. Un matin on vit arriver au château des Collines les riches équipages du comte Fernando, qui venait d'être nommé gouverneur de Lisbonne.

Il fut reçu avec tous les égards dus à sa noblesse et à la nouvelle dignité dont le monarque l'avait honoré.

Florestan, en le voyant, ne put cacher son émotion, et par le plus tendre

regard, il sembla dire à sa jeune amie :
Voilà sans doute celui qui doit me ravir
tout espoir de bonheur.

La jeune fille rougit, et n'en parut
que plus belle aux yeux du comte Fernando. Cette journée se passa cependant
sans que Spinola s'expliquât avec sa
nièce.

Le lendemain il la fit venir dans son
cabinet, et lui demanda ce qu'elle pensait du gouverneur de Lisbonne.

Ah! mon oncle, sa présence m'a inspiré beaucoup de respect. D'ailleurs son
âge et l'amitié que vous lui témoignez,
me font croire qu'il en est bien digne. —
Son âge, dis-tu!... ce n'est point un
vieillard. — Cela est possible ; mais ses
cheveux presque blancs..... — Sont le
fruit honorable de plusieurs campagnes
toutes glorieuses, et je dois faire observer
à ma chère Célina, qu'un vaillant militaire ne paraît jamais vieux. — Vous

me le dites, mon oncle, je dois le croire.
—Je le prouve. J'ai près de soixante ans,
ma nièce, et j'espère bien que l'ennemi
s'apercevra de mon courage..... Mais
revenons au motif pour lequel je t'ai envoyé chercher : dis-moi, serais-tu fâchée
de te marier ? — Oui, mon oncle. —
Eh! pourquoi ? — Je me trouve très-
heureuse avec vous, avec ma sœur. —
Cependant il faut qu'avant de terminer
ma carrière, je puisse dire : Tout ce
que j'aime ne doit pas avoir d'inquiétude ; et l'arrivée du gouverneur de Lisbonne a pour but ton établissement. —
Quel âge a son fils? est-ce un brave
guerrier? a-t-il fait bien des campagnes?
demanda Célina. — Comment! son fils;
mais jamais le comte n'a été marié. —
Ah! tant pis! — Tu crois donc qu'il eût
rendu une femme heureuse? — Je ne
connais point son caractère; mais puisque
vous estimez ce seigneur, il doit avoir été

parfait. — Il va prendre une épouse. —
Lui, mon oncle! — Oui, que trouves-tu
là d'étonnant? — Oh! rien; on fait des
folies à tout âge. — Des folies, dis-tu!
je crois au contraire que c'est l'amitié,
la raison qui le déterminent. — Et l'a-
mour, mon oncle? — N'est pas nécessaire en ménage. — Je croyais, moi,
qu'il était exigible. — C'est une erreur;
l'amour s'envole et l'amitié reste. —
Quel âge a donc la future de monsieur le
comte? — Seize ans. — Ah! je la plains!
épouser un homme qu'elle pourrait appeler son père!!! Si cette jeune infortunée, que l'on va sans doute sacrifier à
l'ambition, à la fortune, avait un oncle
tel que le mien, elle se jetterait dans ses
bras, le conjurerait de ne pas faire le malheur de sa vie ; elle serait bien assurée de
trouver grâce devant lui. En prononçant
ces mots, elle s'était emparée de la main
de son oncle, qu'elle serrait étroitement.

Le général Spinola pensa bien que sa
nièce était instruite de sa volonté, et
cela lui donna du mécontentement.
D'ailleurs il s'était imaginé qu'il allait
lui causer une agréable surprise , et
que l'ambition d'être la femme d'un des
plus grands seigneurs du Portugal, dé-
truirait en un moment toutes les illusions
de l'amour, dont un cœur de seize ans
peut être occupé; cependant, quoique
le général fût d'un caractère très-pro-
noncé , et qu'il n'eût jamais souffert
qu'on résistât à ses ordres, il s'attendrit
par le trouble et la prière indirecte que
sa nièce venait de lui adresser. Il crut
devoir employer la douceur, et sans dé-
gager sa main, que Célina n'avait point
encore abandonnée, il lui dit : Si celle
que l'on destine au comte Fernando
appartenait, par l'amitié et par la reconnaissance, à un oncle aussi bon que je
me fais gloire de l'être, et qu'il fût assez

1.   3

heureux pour avoir une nièce comme
ma Célina, il ne craindrait point que sa
parole et son honneur se trouvassent
compromis. Cette nièce lui dirait : Mon
oncle, je vous dois tout ; mon bonheur
est votre seule étude. Je veux vous
prouver que je suis digne de votre bienveillance paternelle ; je souscris à la
volonté que vous venez de me faire connaître, et ma main et ma foi sont à celui
que vous me destinez. — Ah! mon cher
oncle, je vous promets bien que si j'étais
la jeune personne, je ne tiendrais pas
un tel langage. — Comment! Célina,
vous pourriez oublier vos devoirs, au
point de me résister ! — Oui, mon
oncle, et je ne contracterai jamais
d'engagement que mon cœur ne l'ait
consenti. Mais, je vous en prie, quit-
tons une supposition qui vous rend
triste, et donne à vos traits une sévérité.....

Ce n'est point une supposition, répond avec humeur le général, en se
levant; je voulais connaître si vous mé-
ritiez toujours mon amitié : je me pré-
valais de ma tendresse pour vous, et
j'en attendais le prix. Vous avez trop
d'esprit pour ne point avoir compris ce
que je voulais vous dire; mais puisqu'il
faut que je m'explique d'une manière
plus précise, apprenez que j'ai résolu
de vous marier dans huit jours, et que
ce comte Fernando pour lequel vous
montrez un éloignement qui ressemble
presqu'au mépris; apprenez, dis-je,
que c'est lui que je vous destine pour
époux. Songez que l'amitié tendre d'un
bon parent a des bornes, au-delà desquelles la sévérité commence. C'est vous
prévenir que votre oncle, celui qui se
flattait vainement de posséder tout l'attachement qu'il était en droit d'attendre,

ne cédera pas à vos caprices, et qu'il saura bien se faire obéir.

En prononçant ces dernières paroles, il lança sur sa nièce un regard significatif, la laissa seule au milieu de son cabinet, et se rendit à la salle où dom Carlos, sa femme et le gouverneur de Lisbonne attendaient le résultat d'un entretien dont ils espéraient beaucoup. Isabelle seule voyait ce mariage avec peine, et la déférence qu'elle portait aux volontés de son oncle avait empêché qu'elle ne se permît aucune observation ; d'ailleurs elle était heureuse avec son mari, et l'avait épousé sans amour. Il avait dix-huit ans de plus qu'elle, et jamais le moindre nuage n'avait troublé la sérénité de leurs beaux jours : ainsi, quoiqu'elle n'aimât point le comte Fernando, elle s'était persuadée que Célina pourrait éprouver un sort approchant semblable au sien, et ne la présumait pas capable d'opposer la moindre résistance au dessein d'un oncle qui lui avait servi de père.

A l'aspect du général Spinola, dont la figure portait l'empreinte de la colère concentrée, elle vit bien qu'elle s'était trompée dans le jugement qu'elle avait porté sur sa sœur.

. Le général se jeta sur un fauteuil, et après un moment de silence, pendant lequel tous les personnages réunis pouvaient former un tableau où l'on eût vu paraître à la fois l'inquiétude, la colère, et de la part du gouverneur quelques indices de vengeance, Isabelle se hasarda à demander à son oncle s'il avait lieu d'être satisfait de Célina.—Non, dit-il, non; et cette jeune fille, si douce, si timide en apparence, m'a répondu avec un ton d'ironie, qui m'a trop démontré qu'elle avait été prévenue de ce que je voulais lui annoncer. Ah! si je n'étais bien assuré, mon Isabelle, que tu as été incapable de me désobliger, je croirais que tu l'as instruite. — Mon oncle, je vous jure que votre secret a été gardé religieusement.

Eh! qu'a-t-elle objecté? demanda le comte Fernando; car il faut un motif à ce refus, qui me mortifie. — Ton âge l'a épouvantée. — Aurait-elle un amant? — Je réponds du contraire. — Autant qu'on peut répondre d'une fille de seize ans; les femmes sont dissimulées!.....

Isabelle le regarda fixement, pour lui faire sentir ce qu'il devait de respect à son sexe, et le gouverneur n'osa point achever la phrase commencée.

Je juge autrement de ma nièce, reprit le général. Lorsque je lui ai dit que ton arrivée à ce château avait pour but son mariage, elle m'a demandé avec une vivacité charmante, qui peut même prouver le désir d'avoir un époux, si ton fils était jeune, s'il était brave ; enfin, s'il avait déjà fait plusieurs campagnes. Une fille qui aurait une inclination déterminée, ne m'eût pas demandé des renseignemens sur un objet auquel elle ne pouvait attacher aucune importance. Mais quand après lui avoir fait de toi l'éloge le plus pompeux, j'ai dit que c'était au comte Fernando qu'elle devait bientôt appartenir, j'entreprendrais difficilement de te peindre son effroi ; cependant je ne me suis point laissé attendrir, et je ne lui ai donné que huit jours pour se déterminer.

Mais, général, reprit le gouverneur, si ce délai expiré ta nièce ne consent point ? — Alors, mon ami, tu y renonceras ; je te crois trop galant homme pour t'appuyer d'une parole donnée dans l'effusion de l'amitié. — Comment ! général, tu manquerais de courage ? tu ne saurais faire obéir une enfant! et je me verrais exposé à la risée de la cour de Philippe, où mon mariage a été annoncé! Déjà à Lisbonne on prépare, par mes ordres, des fêtes dont ta nièce est le principal objet; et tu voudrais qu'un homme, que tu as nommé ton ami, éprouvât une telle mortification! Souviens-toi que je ne serais pas d'un caractère assez pacifique pour la souffrir impunément. — Ce que tu me dis ressemble presqu'à une provocation, et Fernando doit savoir que le général Spinola n'a jamais craint personne.

La discussion devenait vive. Isabelle en fut effrayée, ainsi que dom Carlos. Ils promirent de déterminer Célina à l'obéissance; mais intérieurement ils blâmèrent tous deux la précipitation avec laquelle le général avait engagé sa parole, et disposé par ce moyen du sort à venir de l'intéressante Célina.

CHAPITRE IV.

Florestan, instruit par la soubrette de tout ce qu'il avait à craindre, crut devoir s'assurer par lui-même s'il était bien vrai qu'il fût aimé.

Jamais l'espoir d'un tel bonheur ne l'avait réellement flatté ; mais ce que lui avait dit Anna, l'avait éclairé sur son propre cœur et sur celui de sa jeune amie.

Il se rappela mille traits plus aimables les uns que les autres, qui lui étaient échappés, et qui tous lui semblaient être des indices favorables à son amour.

S'il composait une romance, Célina la chantait sans cesse. Lui donnait-il des fleurs, après s'en être parée elle les conservait avec un soin extrême dans ses tablettes, ou dans l'un de ses livres de musique. L'oiseau, élevé par son ami, était l'objet de ses soins particuliers. Enfin, si Florestan semblait préférer la couleur d'un ruban, on la voyait aussitôt en composer sa parure.

Ce n'était encore ni amour, ni coquetterie ; mais le sentiment, le vif désir de prouver à Florestan qu'elle n'avait d'autres goûts que les siens.

Ces procédés, qui ne sont rien en eux-mêmes, sont d'un prix infini pour des êtres sensibles, et les réflexions que fit le jeune Portugais semblaient favorables à son amour ; cependant il redoutait toujours d'en faire l'aveu.

Tandis que Célina, qui était demeurée dans le cabinet de son oncle, flottait entre la volonté d'obéir et celle de résister, Florestan attendait impatiemment l'heure où il pourra t s'assurer par lui-même s'il pouvait croire à tout ce qu'Anna lui avait dit.

Ce moment fortuné arriva enfin.

Le général habitait un pavillon séparé du corps-de-logis par un jardin spacieux. La jeune fille le traversa lentement, et s'arrêta dans un bosquet pour chercher à se remettre du trouble où venait de la jeter l'ordre que lui avait donné son oncle.

Elle s'assit sur un banc, et promit intérieurement d'immoler à la reconnaissance un sentiment trop cher, dont elle espérait bien pouvoir triompher.

Tout en formant la résolution d'oublier Florestan, elle ne put s'empêcher de penser à son mérite ; et bientôt une comparaison, défavorable au comte Fernando, vint la frapper : le lieu même où elle était lui rappelait avec avantage le mortel qu'elle voulait oublier.

Ce berceau embaumé par le souffle divin de Flore, ces accacias qui formaient au-dessus de sa tête un dôme de verdure ; ces rosiers , dont les boutons naissans étaient près d'éclore, avaient été plantés trois années auparavant par l'ami de Célina. C'était pour elle que chaque matin il les rafraîchissait lui-même avec l'eau d'un bassin qui n'était pas éloigné ; c'était pour elle qu'il avait acheté plusieurs fleurs étrangères, qui entouraient cet endroit charmant. Il devait sa beauté à la nature, plus encore qu'à l'amour ; mais pour un cœur bien tendrement épris, tout semblait devoir se rapporter au dernier objet.

O Florestan ! aimable compagnon de ma jeunesse, tout ici me parle de toi ; tout me dit que tu m'aimes depuis long-temps, et l'on voudrait que je t'oubliasse ! non, jamais. Si j'épousais Fernando , il faudrait te bannir de mon cœur. Ah ! cet effort serait au-dessus de mes forces. J'abandonnerais plutôt la vie, que de renoncer à toi. — Mais que

dis-je, insensée! je ne puis être ton épouse.
Eh! bien, je ne serai à personne. L'honneur me défend de tromper Fernando,
et l'amitié m'ordonne de ne point la
trahir.....

Elle était dans un abattement qui
l'empêchait même d'apercevoir que
quelqu'un marchait du côté du berceau.
Cependant une voix, qui retentit jusqu'à
son cœur, fit entendre ces mots : *Mon
amie, ma sœur bien aimée, veut-elle
me permettre de rester un moment
avec elle?* Ah! c'est vous, Florestan!
dit vivement Célina. En prononçant ce
peu de mots, elle sortit du bosquet qui,
pour elle, avait tant de charmes, et se
promena dans une des allées du jardin,
qui se trouvait en face de la salle où
était réunie la famille.

Deux minutes suffirent pour l'explication que désirait Florestan. Célina lui
promit de ne point épouser le gouver-

neur de Lisbonne. Partez, lui dit-elle;
accompagnez dom Carlos, commencez
avec courage la carrière militaire; mé-
ritez la reconnaissance du peuple, celle
de l'armée et l'estime du prince; ma
main sera le prix de la victoire. Quant
à ma foi, elle est à vous pour la vie.

Florestan eut voulu pouvoir se jeter à
ses pieds, prendre sa main, la serrer
sur son cœur; mais la prudence l'empêcha de pouvoir lui exprimer tout ce
qui se passait dans son âme. Il la quitta
pour ne donner aucun soupçon qui fût
capable de causer le moindre chagrin
à celle qu'il adorait, et dont il était bien
certain d'être véritablement aimé.

Célina de retour dans sa chambre, y
trouva sa chère Anna.

Eh! bien, senora, lui demanda cette
fille, avez-vous fait connaître au général
que vous aviez un caractère prononcé?
— Oui; mais, hélas! mon oncle, cet

homme bienfaisant, qui m'a tenu lieu de père, m'a paru irrité, et je crains..... — Rassurez-vous ; votre oncle vous aime, et sa colère ne durera pas long-temps. — Puisses-tu dire la vérité ! mais, quel que soit mon sort, j'ai fait serment de ne pas appartenir au comte Fernando; je tiendrai ma parole. — Vous me permettez donc maintenant d'être votre interprète auprès du seigneur Florestan ? — Mes sentimens sont si purs, que je n'ai point craint de les lui avouer. — Mais si le général, qui a donné sa parole, et qui en est religieux observateur, allait vous contraindre, alors quel parti prendriez-vous ? — Celui de me réfugier au couvent de Lisbonne, où nous avons été élevées ma sœur et moi. Ma tante en est la supérieure, et je me plais à penser qu'elle deviendra mon appui, et sera même assez généreuse pour ne point faire connaître ma retraite. Je suis ten-

drement aimée de cette bonne religieuse ;
elle a connu l'amour, ses vœux n'ont été
que la conséquence d'une suite de malheurs, et je suis assurée de lui inspirer
de la pitié.

Aimable Célina ! tu formes un projet
dont tu crois l'exécution facile ; mais,
hélas ! combien d'événemens t'empêche-
ront de parvenir jusqu'à la maison du
Seigneur, qui doit être pour toi comme
un *palladium* contre la tyrannie !

Le comte Fernando avait quitté le
château de la Riche Colline, et ne devait y revenir que pour entendre Célina
donner à sa demande une approbation
que l'orgueil lui faisait regarder comme
une justice.

L'amour, qui ne semble devoir triompher que des jeunes cœurs, peut bien
s'emparer d'un être qui vient d'arriver
à la quarantaine ; mais à cet âge tout
doit faire présumer que ce sentiment

sera subordonné aux lois de la raison, et que cette dernière obtiendra la victoire.

Les jeunes amans, dom Carlos et son épouse s'en flattaient tous en particulier. Spinola seul était persuadé que le comte exigerait que la parole donnée eût sa pleine exécution. Il le jugeait bien.

De retour à Lisbonne, le gouverneur suspendit les préparatifs des fêtes ordonnées pour son mariage, donnant pour prétexte une indisposition subite survenue à sa future épouse. Il s'occupa, pendant les huit jours d'attente, à préparer tous ses moyens de vengeance contre le général, s'il ne forçait point Célina à lui obéir.

Le caractère du gouverneur n'était pas bien connu de Spinola ; il n'avait jamais eu avec lui que des relations de guerre. Il lui avait donné le nom d'ami, parce qu'il l'en présumait digne ; mais

1.   5*

on peut être guerrier intrépide, et fort
mauvais époux. Il était emporté, jaloux
à l'excès, et vindicatif approchant au
même degré. Lorsqu'il haïssait quelqu'un, il savait tout employer pour le
perdre. Il le faisait avec une telle adresse,
que sa vengeance, quelque cruelle qu'elle
fût, semblait avoir pour base unique les
intérêts de l'état; c'est-à-dire, que son
esprit était ingénieux et fertile en ruses
pour opérer le mal. Il savait, par des
bruits répandus clandestinement, flétrir
la plus belle réputation, quand celui qui
la possédait lui avait déplu, ou qu'il le
croyait un obstacle à ses desseins.

Son hyprocrisie ne se démentait jamais. D'une main il semblait caresser,
et de l'autre, il armait celui qui devait
le délivrer du malheureux dont il avait
juré la perte.

Son physique était aussi imposteur
que son langage. (On sait qu'il était en-

core fort bel homme.) Le sourire de l'amitié et de la bienveillance accompagnait ses moindres discours ; tout en lui, jusqu'à son regard, avait un ton de franchise, qui semblait ne devoir laisser aucun doute sur sa sincérité.

C'était avec ce masque perfide, qu'il ne quittait jamais, qu'il était parvenu à tromper le général. Celui-ci, bien prévenu en sa faveur, ne voulut écouter ni les représentations d'Isabelle, ni celles de son époux, et ne répondait à leurs prières que par ces mots : *J'ai donné ma parole, elle est sacrée.*

Comme il ne soupçonnait point qu'il existât entre Florestan et sa nièce aucune liaison plus forte que celle de l'amitié fraternelle, qu'ils semblaient s'être jurée, il pensa que les avis du jeune Portugais seraient capables de déterminer Célina à l'obéissance.

D'ailleurs la demande que son protégé lui avait faite de partir pour l'armée, suffisait pour le convaincre que nuls liens amoureux ne le retenaient au château de la Riche Colline.

Un soir, il y avait déjà cinq jours d'écoulés sur le délai que Spinola avait accordé à sa nièce, il était dans le jardin, et vit Florestan qui paraissait absorbé dans ses réflexions. Il l'en fit sortir, en lui demandant s'il était toujours dans l'intention de commencer sa carrière militaire.

Je ferai ce qui vous plaira, lui répond l'orphelin ; mais d'un air de timidité qu'il n'avait jamais eu, il ajouta : vous m'avez fait voir que ma présence serait peut-être nécessaire dans ce château, pour veiller à la sûreté de vos nièces. —La circonstance pour laquelle je t'engageais à y rester, n'existera point. Célina doit partir dans quelque temps pour Lisbonne, elle sera protégée par son époux ; et Isabelle, ainsi que son fils, habiteront, pendant la campagne qui va avoir lieu, à l'hôtel du gouverneur ; cet arrangement, comme tu le vois, te laisse la liberté de suivre ton ardeur guerrière ; mais dis-moi : ma nièce t'a-t-elle parlé de son prochain mariage ? —Oui, mon père. — Se décide-t-elle à m'obéir ?—Je l'ignore. Elle pleure sans cesse. —Je le sais, j'en suis même fâché, mais j'ai donné ma parole. Il faut, mon ami, continua Spinola, que tu me serves dans cette occasion.— Qu'exigez-vous de moi?—Célina t'aime ; elle a en toi une grande confiance ; les conseils d'un ami ont bien plus de pouvoir que ceux d'un oncle, ou même d'un père. Je veux que tu lui persuades que le comte Fernando est le seul homme qu'elle doive épouser. Dis-lui qu'elle sera heureuse........

Mon père, vous m'avez appris que

le premier devoir d'un noble Portugais, consistait à ne jamais trahir sa façon de penser. Je ne veux point en imposer à Célina ; l'union que vous avez crue capable d'assurer son bonheur, causera les tourmens de cette infortunée ; et je crains qu'elle ne vous contraigne à vous désister de votre promesse.

Ah ! répond Spinola, elle y met de l'entêtement ! eh bien ! je veux que tu lui dises toi-même que je saurai la forcer à respecter ma volonté ; tu peux beaucoup sur son esprit, et je te rendrai responsable de sa rébellion : tu dois me comprendre. — Eh quoi ! mon père, vous voulez que je porte le désespoir dans son âme ! Ah ! demandez ma vie ; mais ne me condamnez point à ce douloureux sacrifice. — Tu me résisterais !....... Florestan, que vois-je ? tes yeux sont remplis d'indignes larmes. Connaîtrais-tu l'amour ? aurais-tu pu

avoir la hardiesse de porter tes préten-
tions jusqu'à aspirer à la main de ma
nièce ! Si j'en acquérais la preuve, je te
ferais payer bien cher ta coupable témérité. — Mon père, ne m'accablez point
de votre indignation, je ne pourrais la
supporter......

Eh! bien, je te demande un aveu sincère; je l'exige de ta reconnaissance.
Aimes-tu Célina ? — Eh! que puis-je
vous dire, qui n'excite votre colère ? —
Parle, te dis-je, et compte que je puis
encore être ton père......

Ah! par ce nom sacré, que votre bonté
m'a permis de vous donner, prenez pitié
d'un fils respectueux, qui n'a pu se
défendre d'un sentiment de tendresse
aussi pur que celle qui le lui a inspiré.
— Sans doute que depuis long-temps tu
as déclaré ton imprudent amour? —
Hélas! sans l'arrivée du comte Fernando, Célina ignorerait encore que

je l'adorerai jusqu'à mon dernier soupir.
Ah! pardonnez à votre fils, il n'a pu
maîtriser sa douleur, en entendant parler de l'hymen de celle pour l'amour
de qui il voudrait pouvoir donner sa
vie......

Voilà donc le motif qui porte ma nièce
à la rébellion! Une circonstance, qui
doit exciter le trouble dans le sein de ma
famille, est due à un étranger que j'y
ai introduit! Ah! si je n'écoutais que
mon trop juste ressentiment, je te chas-
serais de ma présence. — Condamnez-
moi à un exil perpétuel; que la misère
m'accable, que je sois en butte à tous les
malheurs, à celui même d'être privé à
jamais de votre bienveillance, du plaisir
de contempler les traits chéris de celle
que j'adore; mais qu'elle ne soit point
forcée à devenir l'épouse d'un homme
qu'elle abhorre, et je bénirai ma destinée! Ah! seigneur, pour vous prouver

que j'exprime en votre présence mes véritables sentimens, donnez-moi vos ordres,
je vais partir pour me rendre à l'armée.
Je ne demande ni grade, ni honneur;
simple soldat, s'il le faut, dans tous les
rangs on peut illustrer son nom, et le
poste le plus périlleux sera l'objet de
mon désir. Ah! puissé-je y trouver la
mort! je la recevrai comme un présent, si Célina est libre, et si mon
bienfaiteur ne me méprise pas.

Florestan s'était jeté aux genoux du
général, et là, les yeux baignés de larmes, le cœur gros de soupirs, et la voix
étouffée par les sanglots, il semblait attendre son arrêt.

L'accent de la vérité a toujours du
pouvoir sur un homme d'honneur. Spinola, naturellement sévère, ne fut pas
maître de résister à un mouvement de
compassion.

Le noble désintéressement de son fils

1.   4

d'adoption, l'abnégation totale qu'il faisait de sa fortune, de son bonheur, de son existence, le toucha vivement et lui donna lieu de réfléchir sur l'imprudence qu'il avait faite, en promettant sa nièce, avant d'avoir consulté son inclination.

Il prit la main du jeune homme, le força à se relever, et prenant avec lui un ton beaucoup plus doux, il lui dit : Tâche de vaincre un sentiment qui ne peut te rendre heureux, à moins que le comte Fernando ne laisse sans effet la fatale parole que je lui ai donnée. Promets-moi seulement, que tu éviteras la présence de Célina, je vais faire partir un courrier, il sera chargé d'un message, et me rapportera la réponse. Je ne forme maintenant qu'un désir, c'est celui de voir le gouverneur de Lisbonne céder à ma demande.

Je puis donc, ô mon père, me glo-

rifier encore d'être aimé de vous? dit
Florestan, en couvrant de baisers la
main que Spinola lui avait tendue.

— C'est toi, mon cher Florestan, reprit
le général, qui remettras au gouverneur
la lettre dont je viens de te parler; et si
elle obtient le succès que j'en attends,
je te prouverai que je suis réellement
ton père.

La douce et bienfaisante espérance
entra pour un moment dans l'âme de
l'amoureux Portugais. Il ne sait comment s'y prendre pour la faire partager
à sa jeune amie. Le général lui a défendu de chercher à parler à Célina. Il
va partir; et sans doute que son absence lui donnera de l'inquiétude. Comment la prévenir du motif qui le fait
s'éloigner du château? Enfin, il craint
tant de désobliger le général, qu'il pré-
fère laisser souffrir celle qu'il adore,
plutôt que de lui avouer ce qu'il va en-

treprendre, pour assurer leur mutuel bonheur; car il ne doute point que si le comte renonce à son projet de mariage, le général ne donne sa nièce à celui qu'il nommé son fils.

La lettre de Spinola est écrite. Florestan la reçoit, monte à cheval, pique des deux, et l'âme remplie des plus douces illusions, il arrive à Lisbonne, et se rend à l'hôtel du gouverneur.

CHAPITRE V.

Le court voyage de Florestan devait être une énigme pour tous les habitans du château. Ainsi chacun d'eux forma des conjectures affligeantes. L'aimable Portugais n'avait que des amis, et comme on s'était aperçu de sa tristesse, on en augurait qu'il avait encouru la disgrâce de son bienfaiteur.

Un autre événement vint encore troubler la tranquillité dont on jouissait.

L'armée française, par une marche aussi savante que hardie, venait tout-à coup de paraître en Italie, et menaçait d'envahir plusieurs places importantes. Déjà la Valteline était occupée par eux, et cette vallée (1) célèbre, que les Es-

_____

(1) La Valteline, à l'entrée de l'Italie, aux

pagnols n'avaient pas su garder, leur donnait un grand avantage. Ce qui obligea Philippe IV à porter promptement des forces du côté où le péril semblait être imminent ; ainsi la campagne qui ne devait commencer, pour don Carlos, que les premiers jours de mai, eut lieu de suite.

Un courrier arriva au château de la Riche Colline, à l'instant où Florestan venait d'en partir.

Les équipages de guerre étaient prêts, et l'époux d'Isabelle, ainsi que son oncle, se mirent aussitôt en devoir d'obéir à l'ordre du souverain, sans attendre

---

pieds des Alpes, près du comté de Bormio, est une grande et belle vallée de seize lieues de long et de dix de large. Elle est traversée par l'Adda dans toute sa longueur. Saudrio est un bourg fort joli ; il est comme la capitale de la Valteline.

même la réponse que ferait le comte
Fernando.

Spinola reçut les adieux de la pauvre
Célina, qui lui dit, en l'embrassant :
mon oncle, que dois-je espérer ? — Que
vous ne serez mariée qu'à mon retour ;
et j'aime à penser qu'à cette époque
je vous trouverai plus docile.

Sans rien dire à la jeune personne
de ce qu'il avait entrepris, pour retirer
sa parole, il en prévint Isabelle, et laissa
pour Florestan l'ordre de rejoindre le
plutôt possible le corps d'armée que
Don Carlos devait commander, d'après
les instructions qu'il venait de recevoir ;
car ce n'était plus à Madrid qu'ils devaient se rendre l'un et l'autre.

On ne peut se former une idée de la
joie que Célina éprouva, lorsque son
oncle lui dit : *ton mariage n'aura lieu
qu'à mon retour*. Ce n'était point y
renoncer ; mais l'absence du général

pouvait être bien longue, et tant qu'il reste beaucoup de temps à parcourir, on peut encore beaucoup espérer.

Cependant une inquiétude extrême s'empara d'elle, le jour qui suivit le départ de Spinola et de Dom Carlos. Elle ne voyait point son ami dans le château ; elle craignait qu'il n'eût encouru la disgrâce de la famille qui l'avait adopté.

Isabelle, toute à la douleur que lui causait le départ de son mari, ne fut point insensible à celle qu'éprouvait Célina ; elle lui apprit enfin le motif du voyage de Florestan, qui devait arriver le lendemain.

Avec quelle anxiété la jeune amante attendit ce fortuné retour! mais hélas! bien des jours, des mois et des années s'écoulèrent, sans qu'on vît revenir l'infortuné, que sa confiance avait perdu.

Arrivé à Lisbonne, Florestan se présenta à l'hôtel du gouverneur ; mais il était absent, et ne devait revenir que le lendemain au soir. Il attendit, non sans impatience, ne se doutant point de ce qui se passait au château, et n'ayant emmené aucun domestique avec lui; il ne présuma pas qu'il fût nécessaire d'envoyer un exprès au général, pour motiver son retard.

Dès qu'il sut que le comte était à Lisbonne, il se présenta de nouveau à son hôtel; quatre heures du soir venaient de sonner. On l'annonça; il fut introduit, et reçu avec les plus grands égards.

En présentant au comte Fernando la lettre du général, sa main trembla involontairement.

Il est cruel d'attendre son bonheur de la générosité de son rival.

Florestan cherchait à lire sur la figure du gouverneur l'impression que lui causait la lecture du message; mais il n'y vit pas la moindre altération. Cet homme était doué du funeste talent de pouvoir cacher toutes les émotions qu'il éprouvait.

Après quelques instans donnés à la réflexion, le gouverneur prit un air riant, et dit : Je pourrais m'étonner de ce que le général Spinola manque à sa parole, mais il me l'a donnée sans y penser ; il la reprend de même, je ne lui en veux point. Ce n'est pas qu'il ne m'en coûte beaucoup de renoncer à sa nièce; elle est charmante ; je voudrais , ajouta-t-il , connaître celui qui a le bonheur de lui plaire, je l'en féliciterais bien sincèrement; car je suis persuadé d'ailleurs que son choix est digne d'elle. Et puisque je ne suis pas aimé, quoique j'en ressente la plus grande peine, je ne porterai aucun obstacle au bonheur de ces amans. Je vais répondre au général; mais comme il est déjà fort tard, je ne vous laisserai point partir ce soir. Je me plais à penser que le fils adoptif de mon ami ne refusera point de souper avec moi.

Je vous remercie, seigneur ; mais il faut que je me rende de suite à la Riche Colline. Déjà trente-six heures se sont écoulées depuis que j'ai quitté le château, et mon absence pourrait inquiéter.....

La charmante Célina....... Allons, votre trouble m'éclaire ; car, mon jeune ami, j'ai deviné votre secret. Vous êtes mon heureux rival ; mais rassurés-vous, je ne vous en veux point ; et j'avoue que votre jeunesse doit l'emporter......... Pourquoi rougir ? A votre âge on n'est pas coupable. L'amour est un sentiment si naturel ! Il m'avait bien subjugué ; mais la raison a su triompher. Je vous cède la parole que le général m'a donnée, et ne la ferai valoir que pour assurer votre bonheur.

Seigneur, reprit Florestan, je ne vous ai point dit que j'aimasse, ni que je fusse aimé. — Aimable jeune homme, pourquoi vous en défendre, quand votre émotion vous a trahi ! Ayez confiance en moi ; regardez désormais le comte Fernando comme le plus zélé de vos défenseurs.

Il mit une telle aménité dans tout ce qu'il dit, que le Portugais, rempli de la plus douce espérance, avoua qu'il adorait Célina ; mais qu'il craignait que le général, tout en ne la contraignant plus à donner sa main au gouverneur, ne voulût pas la donner à un orphelin, qui n'avait d'autre fortune qu'un nom sans tache et quelques vertus.

Voilà la plus grande richesse, reprit le gouverneur, celle que le temps, les malheurs, les persécutions ne peuvent détruire. Pour vous prouver combien je vous crois digne de posséder celle qui cvait être mon épouse , je partirai demain avec vous. Je veux faire une bonne action, et ne quitter mon cher Spinola, qu'après lui avoir vu signer l'acte qui vous attachera pour toujours à celle que vous adorez.

L'imposture est étrangère aux âmes honnêtes; elles sont facilement dupes des méchans.

Fernando s'était insinué adroitement dans celle du jeune homme, et par une confiance sans borne, celui-ci apprit à son plus mortel ennemi la naissance de son amour et ses progrès. Il ne lui laissa point ignorer que la belle Célina avait promis de n'être jamais à d'autre qu'à lui.

Après une conversation des plus amicales entre le gouverneur et Florestan, on servit le souper. Le premier n'écrivit point, puisqu'il devait le lendemain, disait-il, partir pour se rendre au château.

Florestan, ivre de joie, et croyant déjà son bonheur assuré, fut conduit dans un appartement richement décoré. Il se livra bientôt au plus consolant espoir, et bercé par des illusions flatteuses, il s'endormit paisiblement; mais, hélas! que son réveil fut affreux!

Il était deux heures du matin, lorsqu'il entendit marcher dans la pièce où il couchait. Il ouvre les yeux, regarde, et voit plusieurs hommes vêtus de longues robes noires, précédés de deux espèces d'alguazils, qui portaient des flambeaux.

Levez-vous promptement, dit l'un des hommes, dont le costume ressemblait à ceux de nos juges, et venez rendre compte de vos actions et de vos discours.

On ne lui laissa ni le temps, ni la possibilité de répondre. Il fut chargé de fers, et traîné, sans pitié, dans le fond d'un cachot spacieux, où se trouvaient avec lui plusieurs infortunés.

Étourdi par cet événement aussi affreux qu'il était inattendu, il demeura immobile à la place où il avait été jeté.

Il se perdait dans ses réflexions, et tomba ensuite dans un état de stupeur, dont il ne fut tiré que par les soupirs et les sanglots de ses malheureux compagnons d'esclavage.

L'obscurité la plus profonde régnait dans ce lieu d'horreur. Il attendait impatiemment que le jour parût ; car il s'était aperçu qu'il y avait des croisées, ou plutôt des lucarnes grillées, au travers desquelles il avait vu scintiller quelques étoiles.

Enfin, six fois le son argentin de la cloche d'une horloge avait frappé son oreille, et le jour descendit perpendiculairement et par degrés dans le vaste tombeau qui était devenu son asile.

Son œil inquiet et curieux en mesura l'étendue ; il pouvait avoir vingt pieds

de long, sur dix à douze de large. Les
murs, noircis autant par la main dévas-
tatrice du temps que par l'humidité,
étaient dégradés en plusieurs endroits,
fruit du pénible travail des prisonniers,
qui, sans doute, avaient vainement tenté
de mettre un terme à leur horrible
captivité.

Les lucarnes par lesquelles le jour se
répandait dans cette vaste enceinte se
trouvaient à six pieds de hauteur; des
grilles, en forme de carré, étaient po-
sées l'une sur l'autre, et par leur étroite
jonction ôtaient tout espoir de fuir.

Dans les côtés de ce lieu consacré à
la douleur, il vit des hommes çà et là,
couchés sur des nattes de paille, ayant
chacun près de soi un pain et un vase
qui contenait de l'eau, leur unique
boisson.

Il attacha ses regards alternativement
sur ses compagnons d'infortune. Hélas!

ils dormaient ; cependant il avait entendu des soupirs prolongés, et même de lugubres gémissemens.

Ceux qui sont réduits dans cette affreuse situation, agités sans cesse par la pensée du supplice auquel ils se croient destinés, ne rêvent qu'à leur malheur.

On doit présumer quel dut être celui de Florestan, en se voyant dans la société de gens qui peut-être étaient tous des scélérats dignes de leur sort !

Rassure - toi, vertueux Portugais ; ceux qui sont accablés par le poids de leurs chaînes vont bientôt exciter ta pitié, comme tu exciteras la leur ; ils ne sont point à craindre. Les véritables criminels sont les hommes sanguinaires qui ont ordonné ta captivité ; car tu es au pouvoir de ce tribunal horrible, auquel ont donné naissance la tyrannie et le fanatisme ; de ce tribunal digne de l'exé-

1. 4*

cration publique, et l'opprobre des souverains qui l'ont autorisé.

Comment se peut-il qué des princes,
des ministres catholiques se servent de
ce tribunal pour faire confesser la foi
d'un dieu qui ne fut qu'un modèle de
charité, de patience, et dont l'Evangile,
ce code sacré des vertus du christianisme,
n'a jamais pu inspirer que l'amour de
ses semblables. Laissons-là de telles réflexions ; nous écrivons pour le siècle
présent, et grâce aux progrès de la
raison, chacun juge cette institution
comme elle doit l'être. Espérons que
bientôt elle n'existera plus dans les pays
soumis aux lois catholiques ; c'est le vœu
de la justice, c'est aussi celui de l'humanité.

Florestan, demeuré presque fixé à la
place où l'avaient laissé les cavaliers de
la Sainte Hermandad, n'osait marcher

dans le cachot, dans la crainte que le bruit de ses pas et celui des lourdes chaînes dont ses bras étaient chargés, en se répétant dans les voûtes, ne vînt à réveiller ceux qui, pour un moment, ne pensaient peut-être pas à leur affreuse destinée.

Le premier des prisonniers qui ouvrit les yeux et qui se plaignit d'exister toujours, était un homme de quarante ans, dont la barbe blanchie plus encore par les chagrins que par les années, lui donnait l'air d'un octogénaire; sa figure était livide, et ses yeux, creusés par les larmes qu'il répandait depuis dix mois, en faisait un objet effrayant.

Il tendit un main défaillante, tandis qu'avec l'autre il soutenait sa chaîne. Jeune homme, dit-il d'une voix affaiblie, quel monstre t'a fait précipiter dans ce tombeau? Ah! qui prendra pitité de ton sort? Nous étions déjà dix, et les cruels augmentent nos maux chaque fois qu'ils amènent une victime.

A peine au printemps de la vie, tu as déjà des ennemis! Ah! dis-moi le nom du seigneur que tu as peut-être offensé sans le savoir, ou celui de la femme qui t'aura présumé infidèle.

Hélas! lui répond Florestan, en s'asseyant sur la natte de celui qui l'interrogeait, je n'ai jamais offensé personne, ni trahi aucune femme. D'après ce que j'ai vu quand on m'a arrêté, je pense que je suis dans un des cachots de l'inquisition.

— Ils t'ont peut-être arraché des bras d'une mère éplorée? — Non, seigneur; mais j'étais à l'hôtel du gouverneur de Lisbonne. — Et comment le nommes-tu? — Le comte Fernando, le plus généreux des hommes. — Généreux! Sais-tu ce que tu dis? Eh! quoi! Tu ne connais pas l'infâme Fernando! — Regarde-moi

bien , juge-le , je suis sa victime. Mais
dans un autre instant je te ferai le récit
de mes infortunes. Ah! jeune homme,
tu n'es sans doute encore ni époux, ni
père, et tu ne peux pas être aussi malheureux que moi; mais réponds, ce
gouverneur est-il de tes parens? — Non,
seigneur. —Tu étais donc son protégé?
— Nullement.

Florestan , avec l'aimable candeur
qui rendait intéressans ses moindres discours , fit un récit succint de tout ce que
nous savons.

Infortuné! s'écrie le prisonnier, que
je te plains! Que je plains aussi la nièce
du noble et vaillant Spinola ! Peut-être
que déjà elle est au pouvoir de ton persécuteur.

O mon Dieu, s'écrie Florestan, prends
me vie, et sauve celle que j'adore!

Il se frappait la poitrine de ses chaînes. Il était réduit au désespoir. Dom

Sanche (c'est le nom du malheureux prisonnier) se repentit d'avoir parlé aussi librement. Il fit tout son possible pour faire rentrer l'espérance dans l'âme du jeune homme.

Ton protecteur et Dom Carlos, m'as-tu dit, ne doivent partir pour l'armée que dans deux mois? Sans doute Fernando ne sera point assez hardi pour aller enlever ton amante. Peut-être avant cette époque seras-tu libre, et tu pourras toi-même la protéger.

Mais enfin, reprend le jeune homme, on me fera paraître devant les juges; il faudra que mon ennemi y soit aussi. Osera-t-il dire qu'il m'a dénoncé comme son rival? — Garde-toi de le croire, peut-être même aura-t-il la perfidie de venir y parler en ta faveur. Tu ne connais point encore les moyens odieux qu'on emploie pour se venger.

Celui qui veut perdre son ennemi le

frappe dans l'ombre. A la porte du palais inquisitorial est une boîte scélée, et qui a la forme d'une boîte à scrutin. C'est là que l'on dépose les calomnies contre tel ou tel individu dont on veut la mort. C'est enfin de cette boîte fatale, qui ressemble à celle de Pandore, que partent toutes les calamités qui affligent l'humanité, outragent la raison, et rendent à jamais abhoré le nom de celui qui a fondé cet horrible tribunal. Sois bien assuré que ton malheur est causé par ce même gouverneur auquel tu donnes le nom d'ami.

Tout ce que venait de dire le prisonnier dom Sanche, pénétra de douleur le jeune Portugais; il se trouvait séparé, et peut-être pour toujours, des objets qui lui étaient chers; cependant la douce espérance vint un moment lui rendre un peu de calme.

Il pensait qu'en ne le voyant point

revenir, le général Spinola accourrait à Lisbonne, et qu'il serait impossible que le gouverneur ne s'employât pas pour le faire sortir.

L'heure à laquelle la cloche de la prison annonçait à tous ses habitans qu'on allait leur distribuer la nourriture de la journée, venait d'arriver. Des guichetiers, précédés d'énormes chiens, entrèrent. Le bruit des verroux avait fait tressaillir Florestan. La vue de ces hommes, dont les figures rébarbatives semblaient annoncer la vengeance et la mort, acheva de le glacer de terreur.

Il en fut tiré par les caresses multipliées d'un des chiens qui servaient d'escorte aux pourvoyeurs des prisonniers.

Florestan, étonné des caresses de ce fidèle animal, les lui rend, et reconnaît qu'il lui a appartenu deux années auparavant.

C'était lui l'avait élevé et perdu quelque temps après, pendant un mois qu'il passa à Lisbonne.

Ce fut inutilement que le guichetier voulut faire sortir Cerbère du cachot. Ce chien, qu'il avait accoutumé à l'obéissance, ne reconnut plus sa voix. Il se coucha aux pieds de son premier maître, montra les dents à l'autre, et rien ne put lui faire abandonner la place que lui assignaient de nouveau son instinct et sa fidélité.

Corbleu ! dit le rustre, voilà quelque chose de bien singulier ! comment se fait-il que Cerbère, la terreur des prisonniers, soit devenu si doux pour vous ! Ah ! continua-t-il, j'en jure par le grand inquisiteur (c'est le serment de tous les subalternes attachés au tribunal) : si je n'écoutais que ma colère, je le tuerais à vos yeux.

Pourquoi ? dit Florestan, qui trem-

1. 5

blait pour la vie de ce pauvre animal.
Combien vous a coûté ce chien ? — Il
ne m'a coûté que la peine de le dresser
aux visites des cachots ; et c'est un
diable qui pourrait faire rentrer plusieurs prisonniers dans l'obéissance.

Eh bien ! reprit Florestan, cet animal m'appartient, et sa conduite vous
le prouve. Prenez cette bourse ; elle
contient plusieurs pièces d'or, et lais-
sez - moi ce chien, qui désormais ne
pourra plus vous servir ; car je suis bien
assuré que si vous le forciez à sortir d'i-
ci , il resterait à la porte.

Enfin l'intérêt plus que la sensibilité
détermina le geôlier, et l'animal devint
le compagnon de tous ces infortunés.

Il y avait déjà quinze jours que Florestan était détenu , lorsqu'une nuit on
vint chercher ceux qui étaient avec lui,
à la réserve de dom Sanche. Ce fut un
moment horrible que celui où il les vit

partir : hélas ! il pouvait leur dire un éternel adieu.

Le surlendemain il apprit par l'un des guichetiers que tous avaient péri dans un auto-da-fé.

Hélas ! le pauvre jeune homme s'attendait au même sort ; et sans les consolations et l'espoir que lui donnait son compagnon de captivité, il eût peut-être succombé à l'excès de sa douleur.

Mon ami, lui disait ce noble prisonnier, nous sommes privés de la liberté ; mais je crois que la politique de notre persécuteur empêchera que l'on ne nous traduise devant les juges, car nous parlerions l'un et l'autre contre lui ; et quoique les inquisiteurs soient presque tous sans foi, lorsqu'un accusé interpelle quelqu'un, ils sont contraints de le faire paraître, et vous devez penser que Fernando ne sera point assez imprudent pour nous faire juger. Mais je ne vous le cache point , nous pouvons passer ici des années.

Eh quoi ! demanda Florestan , n'est-il donc aucun moyen de gaguer nos gardes ? —Eh ! que peut-on espérer de ces âmes vénales , quand on est sans argent ? Lorsque je suis arrivé ici , on m'a enlevé tout ce que je possédais ; j'avais même quelques bagues de prix , on me les a arrachées.

Ah ! mon ami , ajouta-t-il , j'ignore comment il se fait qu'on vous ait laissé la bourse avec laquelle vous avez payé votre chien : si j'avais pu vous parler dans ce moment , je vous aurais dit : gardez cet or , il pourra nous faire ouvrir les portes de la prison.

Quoi ! reprend Florestan , vous pensez que nous eussions pu fléchir les hommes qui nous gardent ? — N'en doutez point , mon ami. En ce cas , reprit le jeune homme , je rends grâce au ciel de la précipitation avec laquelle on m'a conduit dans ce cachot. J'avais sur moi deux cents ducats d'or que je devais remettre à un bijoutier, de la part du général, pour des diamans qu'il avait choisis et que je devais prendre : c'était un cadeau qu'il voulait, disait-il, offrir à ses nièces avant de partir. Cette somme peut-être servira à notre délivrance.

C'était vainement qu'il se flattait d'être bientôt libre : le seul homme qui eût pu se laisser séduire pour de l'argent, celui qui lui avait vendu son chien, ayant déplu au gouverneur de la prison, parce qu'il était moins insensible que les autres au malheur des détenus, fut chassé et remplacé par un de ces êtres pour lesquels rien n'est sacré ; et ce ne fut qu'après bien des prières que les deux prisonniers obtinrent la faveur de conserver le fidèle ami de Florestan.

Un jour que, plongé dans le plus sombre désespoir, l'amant infortuné de Célina appelait la mort à son secours, Dom Sanche lui prit affectueusement la main : Florestan, lui dit-il, le vrai courage consiste à supporter ses peines ; et l'homme qui sait braver l'infortune qu'il n'a point méritée, s'élève à l'égal des héros.

Hélas ! ajouta-t-il, quand tu aurais comme moi éprouvé tous les revers qui peuvent accabler un faible mortel, je te dirais encore : sois plus grand que l'adversité, et force le sort injuste à rougir de son ouvrage. Écoute, et tu verras si je suis à plaindre.

HISTOIRE DE DOM SANCHE.

Je suis né à Barcelonne, l'une des plus belles villes d'Espagne. Le noble Dom Sanche, mon père, était un des premiers seigneurs de la cour de Philippe II. Je le perdis étant encore en bas âge, et je restai sous la tutelle d'une belle-mère, ou plutôt d'une marâtre, qui me traita de la manière la plus horrible. Après avoir dissipé en peu d'années une grande partie de mon bien, elle disparut et me laissa seul au monde. Je venais d'atteindre ma quinzième année ; j'étais fort et très-grand ; j'avais reçu assez d'éducation dans le collége où elle m'avait placé.

Je sentis que je n'avais d'autre parti à prendre que celui des armes. N'ayant

de recommandation que celle de ma naissance et de ma bonne volonté, je me
présentai chez un des ministres du roi
dont j'avais entendu prononcer le nom
à mon père. Cet homme estimable, appelé le duc de Florbas, me reçut avec
bonté ; il fut sensible à mes malheurs,
m'accorda sa protection, et me confia
au chef d'un régiment, sous les auspices duquel je fis mes premières armes.
Elles furent toutes honorables ; bientôt
je méritai l'amitié et l'estime de mes
chefs. Quelques actions d'éclat furent
mises sous les yeux du monarque. Par
degrés je parvins à un grade élevé, et
la mort ayant frappé le colonel Dom
Alvarez, je fus nommé à sa place, et
j'eus le bonheur de voir les soldats et
les officiers de mon régiment applaudir
au choix que le monarque avait daigné
faire sur la présentation du ministre,
qui me protégeait, et que ma reconnais-

sance me faisait regarder comme un second père.

Je venais de me signaler dans une affaire majeure qui eut lieu à quelque distance de la ville d'Ostende, où se livra un combat mémorable contre les Hollandais. Philippe III y commandait en personne, ce qui fit nommer la plaine où se donna la bataille, la plaine Royale (1). Ce monarque fut si satisfait de la bravoure de mon régiment, qu'il lui donna son nom, et me créa général le lendemain de la victoire.

Je croyais au bonheur, puisque je possédais l'amitié de ma troupe et la considération de mon souverain ; mais j'ignorais que j'avais un ennemi impla-

_____

(1) A quatre lieues d'Ostende est une plaine magnifique de trois lieues carrées, et qui porte vulgairement le nom de Royale, ou de plaine de Philippe III.

cable dans le comte Fernando, qui aspirait depuis plusieurs années au poste honorable que le roi venait de me confier. Hélas ! je croyais Fernando mon meilleur ami. J'avoue avec franchise que j'aurais vu avec plaisir sa nomination au lieu de la mienne.

D'abord il avait plus d'âge et plus de temps de service que moi. Ces deux circonstances pouvaient bien lui donner des droits ; mais je puis dire sans orgueil que j'étais plus brave que lui, et que souvent, à l'approche du danger, il se faisait donner par le général quelque commission qui l'éloignait du champ de bataille.

Je plaignais sa faiblesse ; cependant je ne le méprisais point. L'audace n'est pas donnée à tous les hommes ; et lorsque souvent on voulait parler mal de lui, en ma présence, j'étais toujours le premier à m'y opposer.

Il vint me féliciter sur ma nouvelle promotion, mais avec un air de franchise et d'amitié qui eut trompé l'homme le moins prévenu en sa faveur.

Ce procédé me lia étroitement avec lui. Nous eûmes la paix pendant quelque temps, et comme j'étais logé à Madrid chez la veuve de mon colonel, que je regardais comme ma mère, le comte Fernando fut admis dans notre société, et tous mes malheurs datèrent de ce fatal moment.

La comtesse Cornélia était une femme d'une bonté vraiment angélique. Il y avait déjà quatre années qu'elle avait perdu le comte, Dom Alvarès, et le souvenir de cet homme estimable vivait toujours dans son cœur, et lui avait fait refuser les plus brillans partis de l'Espagne qu'attiraient auprès d'elle sa beauté, sa fortune et plus encore son esprit; mais fidèle à la mémoire de l'époux qu'elle avait adoré, elle ne voulait plus exister que pour sa fille.

La jeune Thérésia méritait en effet toute sa tendresse. Lorsque les premiers jours que sa mère avait donnés à la retraite, après la mort de mon colonel, furent écoulés, je me présentai chez elle, et pendant quelques instans nous mêlâmes nos pleurs ensemble.

Mon cher Dom Sanche, me dit cette veuve affligée, j'ai perdu le meilleur des hommes, et vous, le plus tendre des amis.

Lisez, ajouta-t-elle, en me présentant un papier, ce sont les dernières volontés de Dom Alvarès. Mon ami, vous pouvez lui donner le nom de père.

Je pris le papier qu'elle me présentait, et sans en connaître encore le contenu, j'y imprimai les larmes de la douleur et celles de la reconnaissance ; enfin je l'ouvris et lus ce qui suit :

« Près de quitter pour toujours les bjets chéris de toutes mes affections, 'e veux leur laisser un témoignage qui puisse leur prouver que mon dernier soupir leur a été consacré. Ma tendre Cornélia, sa fille et Dom Sanche, voilà ceux qui m'ont rendu heureux.

» C'est à ce dernier que je m'adresse. Ses vertus me répondent qu'il sera digne du trésor que je lui confie.

» Je lui légue mon épouse. Qu'il la regarde et l'aime toujours, comme si elle était sa mère ; car elle en a toute la tendresse ; et si ma fille, ma chère Thérésia est toujours aimée de lui, je désire qu'elle devienne son épouse le jour où elle commencera sa dix-neuvième année. »

Je n'achevai pas la lecture de ce dernier acte de la générosité de mon bienfaiteur. Je tombai aux genoux de sa veuve, et je fis serment de n'avoir jamais d'autre épouse que sa fille, de la respecter, de la défendre, au péril de mes jours, et d'être pour la vertueuse Cornélia, le plu tendre comme le plus soumis des fils.

A cette époque la jeune personne avai quinze ans. Elle m'aimait autant que je l'aimais moi-même ; et tout me promettait que je serais le plus fortuné des hommes.

La comtesse avait une terre à quelques lieues de Madrid, où elle se retira pour s'occuper à perfectionner l'éducation de celle qui m'était destinée. Elle était décidée à ne revenir habiter dans la capitale, qu'à l'instant où je devais me marier.

Ce moment, objet de mes plus chères désirs, allait enfin arriver. Avec quelle douce espérance je comptais les mois, les jours, les heures, qui devaient s'écouler avant que je ne possédasse celle que l'amour me destinait !

Je fus, comme je viens de te le dire, nommé général, et cherchant par mon amitié à consoler le comte Fernando, je l'introduisis chez celle qui allait me donner le nom de son fils.

Je le présentais ; il n'en fallut pas davantage pour qu'il fût reçu. Bientôt cet homme déloyal devint amoureux de celle qui m'était destinée ; mais il sut couvrir ses infâmes projets d'un voile impénétrable, que le temps seul put déchirer.

Il sut trop bien apprécier les nobles caractères de la mère et de la fille pour essayer de me supplanter. D'ailleurs, mon mariage avait obtenu l'assentiment du roi ; il allait se célébrer sous ses auspices : il eût été téméraire à lui de paraître y mettre des empêchemens. Ainsi il forma l'odieux projet de séduire mon épouse ; et s'il ne pouvait y parvenir, son but était de me l'enlever, après avoir tout employé pour me détacher d'elle. Le jour qui devait éclairer mon hymen vit allumer des flambeaux funéraires.

La comtesse Cornélia, la meilleure comme la plus aimée des mères, mourut subitement, et n'eut que le temps de nous bénir et de me recommander de veiller sans cesse au bonheur de sa fille.

Il fallut laisser passer le temps du deuil de Thérésia, et je ne pus rester à l'hôtel où vint s'établir une des sœurs de dom Alvarès, femme jeune encore, veuve aussi et très-coquette.

Pendant les premiers mois, elle se garda bien de me ravir l'espoir d'être uni à celle que je pouvais regarder déjà avec les yeux d'un époux, puisque l'écrit du père, dont j'étais en possession, et la volonté bien connue de la comtesse, m'avaient donné Thérésia.

Le comte Fernando paraissait faire

la cour à la tante , et j'avoue que, croyant à la sincérité de cet homme , je désirais qu'il conclût un mariage qui le rendrait membre de ma nouvelle famille.

Perfide ami ! je ne présumais point qu'il fût capable de me trahir ! C'était pour celle qui devait m'appartenir qu'il brûlait d'une flamme criminelle; et la tante , à laquelle je ne plaisais point , résolut de donner Thérésia au comte : mais pour réussir , il fallait pouvoir m'éloigner de Madrid , et la chose n'était pas facile.

Le comte allait assez fréquemment à la cour ; il était très - lié avec un des ministres de Philippe III , et son ingénieuse politique épiait toutes les occasions où il pourrait me nuire secrètement. Il en trouva une qu'il se garda bien de laisser échapper.

On devait envoyer des commandans militaires au Pérou, dont les habitans voulaient secouer le joug de fer que leur avaient imposé les Espagnols, pour s'emparer de leur or (1).

Une révolte venait de se manifester à Cusco, capitale du royaume du Pérou. Le vice-roi avait été assassiné à la suite d'une émeute populaire. Ces nouvelles parvinrent à Madrid, et dès lors on

—————————————————

(1) Le Pérou est le pays le plus riche de toute la terre. Il y avait plus de quatre cents ans qu'il était gouverné par des rois nommés Incas, lorsque Pizare y arriva en 1525, et en fit la découverte entière ; ce capitaine espagnol profita habilement de la division qui se mit entre les deux frères, Hucsca et Atabalipa, souverains de cet état, fils du dernier monarque. Le premier de ces deux princes ayant péri dans un combat, Pizare se saisit de l'autre par trahison, et quoique, suivant un traité, ce prince eût fourni pour sa rançon assez d'or pour en remplir la moitié d'une grande salle ; il fut lâchement assassiné, et son état envahi par les Espagnols.

disposa d'une force considérable qui devait en toute hâte s'embarquer à Cadix.

Cette entreprise n'était point sans danger; et quoiqu'elle fût aussi honorable qu'avantageuse, peu de concurrens se mirent en lice pour obtenir la place de chef de l'expédition.

Le comte Fernando, qui se trouvait présent lors d'une discussion qui eut lieu chez le ministre, et qui vit un moyen sûr de m'éloigner de l'Espagne, dit que parmi ceux qui jouissaient de la confiance de Philippe III, il ne voyait que le général dom Sanche qui sût réunir toutes les qualités exigibles pour remplir une mission aussi importante. Il fit mon éloge, éleva au plus haut degré mon faible mérite, me montra enfin comme le seul homme qui pût présenter un ensemble de valeur et de prudence capables de triompher des rebelles par la force des armes ; ou de les convaincre par la persuasion.

Ce qu'il dit au ministre produisit bientôt l'effet qu'il en attendait ; je fus mandé chez le roi.

En me voyant entrer, il me tendit la main, et me fit ensuite asseoir à ses côtés; jamais il n'avait eu avec moi un ton si amical. J'étais bien éloigné de m'attendre à l'ordre que j'allais recevois ; ordre fatal, qui fut la cause de toutes mes infortunes.

Le monarque me parla des nouvelles que l'on avait reçues de Cusco, et m'intima sa volonté.

Toi seul, me dit-il, mon cher dom Sanche, peux remplir mes intentions ; il faut partir demain pour Cadix. L'escadre est près de mettre à la voile. Elle n'attendait qu'un chef intrépide ; c'est toi que j'ai nommé pour cette expédition glorieuse.

Sire, lui répondis-je ; tant d'honneur
ne m'est point dû ; il est des militaires
qui ont plus fait pour la patrie. — Non,
reprit le souverain, non ; une résistance
plus longue de votre part me donnerait
lieu de penser que le général dom Sanche
ne sait point assez estimer le prix de ma
confiance.

Je fus obligé d'accepter ; cependant
je ne pus me dispenser de faire valoir
le sacrifice que l'on exigeait de moi. Je
parlai de mon mariage qui devait avoir
lieu, et que la mort de la comtesse était
venue retarder.

Ce sacrifice est grand, me dit le monarque ; mais vous perdriez bientôt mon
stime, si un retard de quelques mois
ouvait vous empêcher de suivre la voie
e l'honneur : elle doit l'emporter sur
elle de l'amour. Vous étiez citoyen
vaut d'être amant : partez, et que les

preuves que vous recevez de ma parfaite
considération vous consolent.

Il prononça ce peu de mots d'une voix
altérée, et qui se ressentait de la colère
que lui faisait éprouver la moindre con-
tradiction.

Le caractère de ce prince était un
composé d'audace et de faiblesse, de
grandeur d'âme et de superstition. Néanmoins je dois rendre justice à sa mémoire,
il avait le désir de faire le bien; et s'il
n'eût point été gouverné par de mauvais
ministres, il eût peut-être été un bon
prince; mais son esprit versatile n'a dû
laisser après lui qu'un nom qui, comme
celui de tant de rois, ne tient de place
dans l'histoire que parce qu'ils ont porté
une couronne.

On me remit mon brevet de comman-
dant général de l'expédition, et je devais
remplir les fonctions de vice-roi en arrivant à Cusco.

Je n'eus que douze heures pour faire mes préparatifs ; j'allai dire adieu à Thérésia, ainsi qu'à sa tante. La première était au désespoir; mais je fus surpris de l'air indifférent de la seconde.

Elle me félicita sur l'honorable emploi que le roi m'avait confié, me parla en héroïne romaine, me vanta les attraits de la gloire; puis s'adressant à Thérésia, elle lui dit : Sèche tes pleurs, ma chère nièce ; il reviendra bientôt plus digne encore, s'il est possible, de ta tendresse et de mon amitié.

La perfide ! comme elle nous trompait l'un et l'autre ! Vous me voyez calme, nous dit-elle ; mais cependant je souffre intérieurement, et je ne vous cache ma douleur, que pour ne point diminuer votre courage.

Séparez-vous, ajouta-t-elle ; plus vous resterez ensemble et plus votre douleur sera vive.

Elle mit dans ces derniers mots un ton si persuasif, que nous fûmes ses dupes.

Thérésia me fit don de son portrait, suspendu à une longue chaîne de ses blonds cheveux. Avec la permission de sa tante elle me la passa au cou, me promit de ne point cesser de penser à celui que l'amour et la volonté de ses parens lui faisaient regarder comme son époux.

Il était temps que je m'éloignasse de cette femme adorée; plus tard je n'aurais pas eu la force de l'abandonner. Mon cœur était serré; je ne pouvais me rendre compte de la terreur qui venait de s'emparer de moi. Hélas! c'était sans doute un pressentiment des infortunes qui allaient accabler mon épouse.

Au sortir de son hôtel j'allai trouver Fernando, et là, avec l'abandon de la confiance et de l'amitié, je me livrai à toute ma douleur. Ah! je l'avoue, et même sans rougir, car on peut être sensible sans pour cela être lâche ; je ne fus point le maître de retenir mes larmes ; le comte hypocritement y mêla les siennes.

Je lui recommandai ma chère Thérésia, et ce fut à lui que je promis d'adresser directement toutes mes lettres ; il s'engagea à me faire parvenir celles de mon épouse et de sa tante.

Après m'être jeté à plusieurs reprises dans les bras de cet ami déloyal, je quittai Madrid pour me rendre à Cadix.

A mon arrivée au port, j'y fus reçu aux acclamations du peuple et de toute la flotte, qui me témoigna sa joie.

Depuis plusieurs jours les vents étaient favorables, et l'on n'attendait pour cingler en mer que le chef de l'expédition.

Le lendemain, au lever du soleil, nous avions déjà perdu de vue les côtes d'Espagne.

Notre navigation fut des plus heureuses. En peu de jours nous arrivâmes à Vera-Crux (1), où régnait la plus grande tranquillité. J'y augmentai mes forces tant en hommes qu'en armes, et nous dirigeâmes notre marche sur la capitale du Pérou, où tout était réellement en combustion.

Je fis sommer les révoltés de se rendre, mais ce fut inutilement ; ils redoutaient les vengeances que l'on était en droit d'exercer contre eux.

Hélas ! cette coupable pensée était loin

---

(1) Vera-Crux, ville de l'Amérique septentrionale dans la Nouvelle-Espagne, a un très-bon port sur la côte du golfe du Mexique, près de l'île de Saint-Jean-d'Ulna. Les flibustiers français la pillèrent en 1682 ; elle est habitée par environ trois mille Espagnols et vingt mille esclaves, qui, par leur travaux, font la richesse des gros propriétaires.

de mon cœur; assez de maux avaient pesé sur ce pays, où déjà mes compatriotes étaient entrés non pas seulement en vainqueurs, mais en brigands.

Combien de sang a coûté la conquête du Pérou! Combien de cruautés ont été exercées contre ces malheureux enfans de la nature!

Lorsque je vis que les sommations que j'avais faites ne produisaient aucun effet, et que des rapports certains, obtenus par quelques prisonniers tombés en notre pouvoir en dehors des murs de Cusco, me prouvèrent que le vice-roi, qu'ils avaient immolé, s'était conduit indignement avec eux, je résolus de tenter un coup hardi. J'exposais ma sûreté, ma vie même, si je ne réussissais point; mais si le succès répondait à mes espérances, je sauvais des milliers d'hommes, tant assiégés qu'assiégeans, et je conservais à l'Espagne une place importante à son commerce, et qui semble être réellement l'entrepôt de l'or du Pérou.

D'après le projet que j'avais formé, je ne fis point attaquer la ville.

Je me procurai des intelligences dans la place auprès des nouveaux chefs. Je leur fis promettre, en mon nom, la punition des Espagnols qui les avaient tyrannisés. Enfin, après huit jours d'attente, je me présentai seul à la porte principale de la ville. J'avais défendu à mes officiers de me suivre; je voulais seul triompher des rebelles. Ma générosité à leur égard, et la confiance que je leur témoignais en me livrant à leur discrétion, eut tout le succès que j'en avais espéré.

Le chef de l'assemblée, qui gouvernait depuis la mort du vice-roi, se démit sans contrainte de la puissance qu'il exerçait; mais comme je vis qu'il était généralement aimé, je voulus l'associer à mes travaux pour rétablir le calme.

Le lendemain du jour où mon audace fut si heureuse, mes troupes entrèrent dans la ville; mais comme la garnison espagnole que les naturels avaient désarmée, avait secondé la tyrannie du vice-roi, et qu'elle s'était portée à tous les excès imaginables contre les habitans de Cusco, je la licenciai sur-le-champ, et l'envoyai dans des cantonnemens éloignés, où elle devait attendre mes ordres.

Enfin ces mesures que me dictèrent la prudence et l'humanité, rétablirent bientôt la plus parfaite tranquillité; et je puis dire sans orgueil que, dans une situation aussi critique, j'ai rendu de grands services à ma patrie. Ah ! quand je sens le poids affreux de ces chaînes que je porte depuis quatre années, je ne puis m'empêcher de m'écrier : est-ce là le sort qui devait être le partage du pacificateur de Cusco et d'une partie du Pérou ?

Hélas ! je me livrais au bonheur que doit éprouver tout noble guerrier qui peut se dire : j'ai rempli mon devoir ; j'ai triomphé plus par la persuasion que par la force des armes ; j'ai épargné le sang de mes semblables ; il n'est point de mère, ni d'amante, ni d'épouse qui puissent verser des larmes sur ma victoire ; et si je n'obtiens pas les lauriers que l'on accorde à la valeur, je puis rentrer dans ma patrie en portant en mes mains l'olivier sacré de la paix.

J'espérais bientôt pouvoir retourner à Madrid, et j'attendais que Philippe III me fît remplacer ; ma demande à cet effet était partie, et j'espérais, en recevant une réponse favorable, que je recevrais aussi des nouvelles de ma chère Thérésia.

J'avais écrit à celle qui sans cesse occupait ma pensée. Avec quelle vivacité, quel enthousiasme je lui avais peint et mon amour, et mon impatience de la revoir !

Enfin je reçus des lettres de la cour ; bien loin de me rappeler, comme je l'espérais, le roi me témoignait sa satisfaction dans les termes les plus obligeans, et continuait pour une année encore les pouvoirs qu'il m'avait donnés.

Aux papiers qui m'étaient envoyés étaient jointes plusieurs lettres.

Par un de ces coups du sort, je ne connaissais point l'écriture de Thérésia ; jamais nulle circonstance ne m'avait mis à même d'avoir avec elle aucune relation par écrit. Il était donc bien facile de me tromper. Parmi les lettres que je tenais, je reconnus à la suscription qu'il y en avait une tracée de la main d'une femme. Mon cœur battit, je baisai avec transport ce papier, qui me parut si précieux.

Il faut avoir aimé comme j'aimais, et comme j'aime encore, pour se former une idée de ma joie.

Je brisai le cachet.... mes yeux baignés de larmes, causées par le plaisir, distinguaient à peine ces caractères chéris ; enfin je me remis de mon émotion , et je lus....

Il faut être bien vivement affecté pour mourir de douleur, puisque j'ai pu survivre au coup affreux qu'un monstre m'a porté. Voici ce que me marquait Thérésia , ou du moins celle qui prenait son nom.

« Mon père, qui vous aimait beaucoup, avait disposé de ma destinée, et la comtesse ma mère, en m'élevant pour vous, croyait sans doute faire mon bonheur. Je le croyais aussi ; mais je me

trompais : un seul moment m'a appris
qu'un autre mortel m'avait fait éprouver
un plus tendre sentiment que celui que
j'avais ressenti jusqu'alors. Vous n'avez
que mon amitié ; un autre aujourd'hui
possède mon cœur et le possédera pour
la vie. C'est en vain que ma tante et le
comte Fernando veulent s'opposer à ce
que je prenne un époux : je suis décidée
à ne former d'engagement qu'avec celui
que j'adorerai jusqu'à mon dernier soupir. Ainsi, seigneur, ne comptez plus
sur moi ; cependant je puis vous assurer
que je conserverai pour vous une estime
et une amitié qui seront éternelles.

» Je forme des vœux pour votre bonheur ; croyez autant à leur sincérité
qu'au parfait dévouement de la fille de
Dom Alvarès. »

Ce fatal papier tomba de ma main.
Thérésia infidèle me semblait le dernier coup du sort, il n'était plus pour

moi de bonheur ; je maudissais l'instant où j'avais quitté ma patrie.

A cette lettre était jointe celle de Fernando.

Le perfide ! il plaignait ma disgrâce, m'engageait à tâcher d'oublier l'ingrate, dont la conduite plus qu'imprudente avait réduit sa tante au désespoir. Il me faisait un portrait désavantageux de mon rival, qui, disait-il, était un Portugais sans mœurs. Il ajoutait : « Lorsque tu recevras cette lettre, Thérésia sera peut-être l'épouse d'un étourdi que j'ai déjà provoqué, mais qui est trop lâche pour répondre à l'appel d'un homme d'honneur. Oublie, cher Dom Sanche, au milieu de tes nobles travaux, une femme qui déjà n'est plus digne de ta tendresse. Ces derniers mots doivent te suffire et me dispenser d'entrer dans une plus longue explication.

» Le roi a sans doute prolongé ton séjour à Cusco, pour éviter que tu ne fusses témoin du déshonneur de celle que tu avais crue digne de ton choix. »

Si je n'eusse reçu que cette lettre, je n'eusse pas cru ce que Fernando m'écrivait; mais Thérésia s'expliquait d'une façon trop précise pour me laisser aucun doute.

Malheur à celui qui croit à la calomnie, et qui peut douter de la foi de sa maîtresse ! mais quand l'objet de son culte s'accuse lui-même, il ne lui reste plus que le désespoir d'avoir été trompé.

Telle était l'affreuse position dans laquelle je me trouvais réduit. Pendant que j'étais livré à la plus horrible douleur, Thérésia était aussi malheureuse que je l'étais moi-même.

Il y avait à peine trois mois que j'avais quitté Madrid, que déjà elle était

l'esclave de la coupable Éléonore, sa
tante.

Cette femme, infiniment coquette,
peu fortunée (car son mari ne lui avait
laissé qu'une rente assez modique),
avait formé l'infâme projet de s'approprier l'héritage de la fille de Dom Alvarès.

Le comte Fernando, qui avait eu soin
de m'éloigner, en me faisant nommer
pour l'expédition de Cusco, devait être
mon rival. Ces deux monstres étaient
décidés à traîner leur victime à l'autel,
si elle ne voulait point consentir à l'exécution de leur criminel dessein.

Pour en hâter la réussite, on se servit
d'abord de la douceur ; on me fit regarder comme un ambitieux qui avait bri-
gué la place importante de vice-roi de
Cusco ; on lui fit entendre que d'après
des nouvelles certaines, on avait appris
que la fille d'un des principaux naturels

du pays, descendant du fameux Atabalipa, dernier souverain du Pérou, avait
fixé mes regards, et que son alliance
avec moi semblait même être consentie
par le roi, pour mettre un terme à
toute espèce de division entre les Péruviens et les Espagnols.

Ces discours perfides ne produisirent
aucun effet sur le cœur de ma chère
Thérésia.

Cependant elle s'alarmait de ne point
recevoir de lettres. Hélas ! j'en avais
envoyé plusieurs, toutes à l'adresse du
comte ; mais il ne les lui avait point
données.

On savait bien que mon écriture lui
était connue, et l'on n'osa pas se servir à son égard de la supercherie dont
on avait fait usage pour me faire croire
qu'elle était infidèle.

Elle opposa la plus grande fermeté à

toutes les tentatives que l'on fit pour la faire changer.

Non, dit - elle à dona Éléonore, sa tante, non, dom Sanche n'a pas oublié sa Thérésia : il peut devenir la victime d'un complot, recevoir la mort; mais être infidèle, jamais.

C'est en vain qu'on voudrait disposer de ma main; ma foi est engagée, et mon cœur restera sans partage au plus adoré des mortels.

Plus elle montrait d'attachement pour moi, plus elle excitait la colère de sa tante.

De la prière que cette dernière avait employée pour séduire Thérésia, elle passa à la menace, et finit par ordonner à cette infortunée d'épouser le comte Fernando.

Ce fut alors qu'elle vit clairement que l'on avait juré sa perte et la mienne.

Elle protesta que jamais on ne serait capable de lui faire trahir ses sermens.

Elle n'eut pas plutôt donné cette assurance, que les monstres au pouvoir desquels je l'avais laissée, résolurent de la soustraire de la société ; mais ils s'y prirent de manière à ne laisser aucun doute sur leur conduite.

Éléonore avait quitté Madrid pour se rendre à la terre de Thérésia, qui, comme je te l'ai dit, n'était qu'à quatre lieues de la capitale de l'Espagne.

Ces deux monstres parurent avoir renoncé à leur projet : le comte Fernando ne se montra que de temps à autre.

Un soir que la jeune personne, livrée à de tristes réflexions, se promenait lentement dans le parc, elle fut saisie par plusieurs hommes : on lui couvrit les yeux d'un bandeau ; elle fut portée dans une voiture, et conduite, pendant plus de trois heures, avec la plus grande rapidité.

On s'arrêta, et elle fut traînée plus morte que vive jusque dans une salle spacieuse, où on l'enferma sans lui dire un seul mot.

Je ne te parlerai point de tous les moyens odieux qui furent pris pour la déterminer à renoncer à moi ; ils furent tous inutiles. L'infâme Fernando alla jusqu'à la priver de nourriture.

Le sort qui s'était plu à la rendre malheureuse, parut pour un moment se relâcher de sa rigueur. Le comte fut blessé dangereusement dans un duel qu'il eut avec un de mes amis, près de qui il avait osé me calomnier.

Quelques mois avant cet accident, il m'avait écrit pour m'annoncer que la fille du noble dom Alvarès avait quitté Madrid avec le Portugais dont il m'avait

parlé précédemment ; que j'étais généralement plaint du malheur d'avoir
aimé une femme si criminelle ; qu'il
m'engageait à vaincre mon chagrin.

Vertueuse Thérésia, j'ai pu ajouter
quelque croyance à ce tissu d'imposture ! Ah ! mon cher Florestan, jamais
je ne pourrai me pardonner mon injustice à l'égard de ce modèle de toutes les
vertus.

O mon dieu ! continua dom Sanche,
permets que je puisse un jour voir briser mes fers, que je jouisse encore une
fois, une seule fois du bonheur de tomber à ses genoux, et d'expier ainsi ma
fatale crédulité.

Eh quoi ! lui demanda le jeune Portugais, vous ne l'avez jamais revue depuis ces événemens ? — Pendant près
d'une année j'ai goûté le suprême bonheur de la posséder, répond dom Sanche,
et tu vas juger de la bonté du cœur de

1.   6 *

cette femme héroïque. Ah ! dans ces courts instans de félicité, combien de fois je l'ai conjurée de me pardonner !

Mon ami, me disait cette femme adorée, tu n'es point coupable, cesse de t'accuser. Mais revenons à la déplorable suite de mon histoire.

Il y avait près de dix mois que j'étais à Cusco, et malgré mes demandes multipliées, je n'obtenais point mon rappel. Sans cesse occupé de la douloureuse pensée de la femme que je croyais infidèle, je traînais une existence languissante ; ni l'amitié des Péruviens, dont j'avais assuré la tranquillité, ni celle des officiers et des soldats de la garnison ne pouvaient me faire sortir de l'état d'apathie dans lequel j'étais plongé. Hélas ! je ne m'attendais point à ce qui allait m'arriver ; car tandis que dans le fond de mon âme je condamnais Thérésia, celle-ci s'exposait au plus grand pé-

ril, à la mort même, pour venir me
retrouver.

La blessure que le comte avait reçue
le retenait à Madrid ; et comme le lieu
où sa prisonnière était renfermée était
éloigné de la capitale de plus de six
lieues , et qu'il ne pouvait y faire exercer
une grande surveillance, puisqu'il était
à l'article de la mort, on fut moins sévère.

D'ailleurs, les gens qui avaient sa
confiance, croyant à sa fin prochaine,
s'étaient presque tous rendus à son hôtel , dans l'espoir qu'en mourant il ne
laisserait point leurs services sans récompense.

Il n'était resté à sa maison de campagne qu'un concierge, à qui le valet
de chambre avait remis la garde de la
prisonnière, et une femme qui l'avait
toujours servie , et qui avait été placée
là par la coupable Éléonore.

Le concierge de la maison n'était point un méchant homme; plus d'une fois il avait gémi en voyant une femme aussi jeune et aussi bonne enfermée comme une vile criminelle. Souvent il disait à la vieille Déborée : le ciel vous punira de faire ainsi souffrir cette pauvre senora. — On a ses raisons, répondait la femme qu'autorisaient les ordres de son maître : on a ses raisons ; et si vous paraissiez vous attendrir[1], je vous ferais chasser.

Thomas (ainsi se nommait cet homme) avait une fille et un fils en bas âge ; il était veuf, et la place qu'il occupait était sa seule ressource : il était donc obligé de se taire pour conserver le pain de ses enfans et celui d'une parente qui en prenait soin. Lorsqu'il apprit que le comte Fernando était à toute extrémité, il pensa devoir en prévenir celle qu'il tenait dans l'esclavage.

Pour le faire, il profita du moment où la vieille faisait la siette, ce qui lui arrivait tous les jours après son dîner.

Pendant ce temps, la foudre fût tombée en éclat sur la maison, qu'elle n'aurait pas eu le pouvoir d'éveiller la gardienne.

Cependant Thomas entra dans la salle où était Thérésia, en prenant les plus grandes précautions ; et dans la crainte d'être surpris, il eut recours à un prétexte ; celui d'apporter du vin pour la prisonnière et pour sa gardienne, lui parut un moyen sûr de ne point encourir la disgrâce de cette dernière, qui n'était pas ennemie du jus de la treille.

Il y avait près de huit jours qu'il n'avait vu la jeune personne ; il la trouva bien changée. Hélas ! la santé de cette infortunée s'affaiblissait, tant par les chagrins que par le peu d'exercice.

Il la vit tenant à la main un portrait qu'elle considérait avec une telle attention, qu'elle n'avait point entendu que quelqu'un était entré dans la salle.

Thérésia profitait du sommeil de Déborée pour considérer à loisir les traits de celui qu'elle n'avait jamais cessé d'aimer.

Ah ! disait-elle à demi-voix, c'est en vain que l'infâme comte Fernando veut me forcer à t'oublier ; tu régneras sur mon cœur jusqu'à mon dernier soupir. Morbleu ! pensait Thomas, on dit qu'il n'y a point de femme fidèle ; en v'là une du moins qui prouve le contraire.

Il s'avança doucement vers elle. En entendant un léger bruit, Thérésia leva les yeux , et cacha dans son sein le portrait. En le faisant, elle fut saisie d'une frayeur mortelle.

Rassurez - vous, lui dit tout bas le

concierge ; la vieille dort , et je viens vous donner une bonne nouvelle. Le comte....

Thérésia ne le laissa pas achever. O mon Dieu ! dit-elle dans l'angoisse la plus terrible, me condamnerais-tu donc encore à l'horreur de le voir ? — Mordienne ! ne vous effrayez donc pas comme ça ! — N'existe-t-il pas au monde un seul être qui soit sensible à mes peines ? — J'en suis tout ému, moi qui vous parle. — Cependant vous venez pour m'annoncer que cet homme abominable.... — Ne pourra peut-être bientôt plus faire de mal à personne. — Serait-il arrêté ? — Oui, segnora. — Par ordre du roi ? — Non, mais par trois coups d'épée. — Il s'est battu ? — Oui, à Madrid, avec un seigneur. — Grand Dieu ! quel est le nom de son adversaire ? Si c'était mon cher dom Sanche ! Mon ami, je vous en prie, si vous savez comment est appelé celui qui a blessé Fernando... — Ah ! je ne sais rien qui ait rapport à cette affaire, sinon que le comte est mourant.

Un rayon d'espérance vint briller aux yeux de la jeune personne. Elle se persuada que son époux était de retour du Pérou, et qu'il avait puni le perfide qui l'avait trompée.

C'est le portrait votre époux, que vous teniez?....... quoi ! ces méchans vous en ont séparée ! cela crie vengeance. Monseigneur voulait, disait-il, punir en vous la femme qui l'avait trahie. Tenez, ajouta Thomas, si vous avez un brin de confiance en moi, je suis un bon diable, je vous donnerai la clef des champs ; car enfin il y a un autre monde où vont ceux qui font bien ; et si je contribuais à vous tenir prisonnière, m'est avis que le ciel me punirait, comme il a puni notre maître. Laissez-moi faire,

je saurai tromper Déborée, et cette
nuit, si vous le voulez, vous serez libre.
Vous irez à Madrid, vous prendrez des
informations. — Eh quoi ! mon ami,
vous consentiriez....... — Et de tout
cœur encóre. — Comment reconnaître
ce bienfait ? — C'est un devoir. Ah !
mordienne! si j'avions su que vous n'étiez
pas la femme de notre maître, il y a
long-temps que j'aurions tâché de vous
sauver ; mais enfin je pouvons le faire
maintenant. Mais, dites-moi, où comp-
tez-vous demeurer à Madrid, puisque
vous redoutez encore, à ce que vous
venez de me dire, la méchanceté de
votre tante ?

Il faut, mon cher, répond Thérésia ;
que vous me procuriez un vêtement
d'homme. Voilà de l'argent. — Laissez-
moi faire ; j'ai dans ce pays un filleul de
votre taille approchant. Il me donnera
un de ses beaux habits, et de bon cœur,

moyennant une somme légère, et cette nuit je vous conduirai jusqu'à la capitale.

Tout fut arrangé suivant les désirs de Thérésia. Thomas, qui connaissait le faible de la vieille Déborée, eut grand soin de lui verser à boire pendant le souper qu'elle prenait toujours avec lui, si bien qu'elle s'endormit à table.

Pendant que les fumées du vin produisaient leur effet, Thérésia, revêtue des simples habits du jeune villageois, sortit de la salle, traversa le parc, et, conduite par Thomas, elle arriva avant le lever du soleil sur la grande route qui conduisait à la ville.

Elle voulut récompenser son généreux conducteur ; mais il n'accepta rien.

Comme la femme qui prenait soin de ses enfans était dans la confidence, elle attendit que lui et la prisonnière fussent partis pour réveiller Déborée et la conduire dans la salle où elle couchait.

Senora, lui dit-elle en criant très-
fort à son oreille, voulez-vous que je
vous donne le bras ? Je vous aiderai à
gagner la salle. La nuit est bien avan-
cée ; ma lumière s'est éteinte, et je ne
puis la rallumer. (Elle avait eu la pré-
caution de la faire disparaître, afin que,
rentrant dans le lieu d'où Thérésia était
sortie, elle ne pût s'apercevoir qu'elle
en était absente.)

Eh quoi ! dit Déborée, je me suis
assoupie !.... comment ! nous sommes
dans l'obscurité, ou j'ai perdu la vue.
— Rassurez-vous ; je viens de vous dire
que ma lumière s'était éteinte. —Quelle
heure est-il ? — Minuit. — Où est
Thomas ? — Couché depuis bien long-
temps. — Allez prendre la lampe qui
est dans la salle. — La senora l'a souf-
flée avant de se mettre au lit. — En ce
cas, je vais rester sur cette chaise jusqu'au jour. —Tout comme il vous plaira ;

mais moi qui suis obligée de travailler au jardin à l'instant où le soleil se lève, je cours me mettre au lit. — Allez. La vieille se rendormit, et n'entendit pas même rentrer le concierge.

Il était près de huit heures du matin lorsqu'elle ouvrit les yeux. Elle se rappelait à peine la scène de la nuit ; elle alla à l'endroit où elle avait laissé sa prisonnière. Mais quel fut son étonnement en n'y trouvant personne ! Elle cria après Thomas ; il accourut.

Morbleu ! senora, à qui diable en avez-vous donc ? — La jeune personne n'est plus ici. — Bath ! — Vous faites l'étonné, et je suis certaine que c'est vous qui lui avez procuré les moyens de fuir. — Allons donc, la mère, vous perdez la tête en m'accusant. Je suis assuré que vous êtes la coupable, et c'est à dessein que vous êtes restée dans mon logis toute la nuit, afin de faire tomber sur moi l'action que vous avez laissé commettre ; mais je ne suis pas un sot.

Maria, dit-il à la femme qui était avec lui, vite mes guêtres et mon bâton ; il faut que j'aille à Madrid, afin de prévenir dona Éléonore ; et vous payerez cher votre trahison ; je vous ferons joliment connaître : reposez - vous sur Thomas.

Déborée, effrayée par ce que lui disait le concierge, le supplia de ne pas aller prévenir sa maîtresse, dont elle connaissait la méchanceté.

Elle n'obtint ce qu'elle demandait qu'en promettant d'abandonner la maison.

C'était bien ce que le concierge demandait, et ce qui eut lieu dans la journée même.

Il était temps que mon épouse sortît de sa prison ; car le lendemain le comte Fernando, dont le danger était passé, arriva à sa campagne avec sa digne complice et leur suite.

On ne peut se former une juste idée de la fureur d'Éléonore, lorsque Thomas lui dit ce qui s'était passé.

Il fit une longue fable sur cet événement, dont il accusa la gardienne, ajoutant qu'elle s'était sans doute entendue avec un seigneur espagnol qui, depuis plusieurs jours, venait lui parler.

Il fit si bien, qu'il parut innocent aux yeux de la tante de Thérésia. Il ajouta au conte qu'il venait de faire, que la veille il avait vu, du côté des murs du jardin, une douzaine d'hommes au moins qui paraissaient mesurer la hauteur de la grille, et que sans doute ils l'avaient franchie, puisqu'ils n'avaient fait aucune tentative pour avoir les clefs, dont lui, Thomas, ne s'était pas dessaisi un seul instant.

Éléonore fut obligée de cacher pendant quelques jours au comte Fernand le départ de sa prisonnière ; car un accès de colère eût pu rendre son mal plus grand qu'il ne l'était alors, en faisant rouvrir ses blessures à peine cicatrisées ; et cette circonstance donna du moins quelques instans de repos à Thérésia.

Laissée par Thomas sur la grande route qui conduisait directement à Madrid, elle eut le bonheur de ne faire aucune rencontre fâcheuse.

Elle se trouva bientôt à la ville. Le jour commençait à paraître.

Son premier soin, en arrivant, fut de se rendre du côté de l'hôtel du comte ; pour cela, elle fut obligée de passer devant celui de son père.

Combien sa situation était cruelle ! tremblant d'être reconnue par des agens de ses ennemis, elle ne marchait qu'avec crainte.

Elle s'informa du nom de celui avec lequel Fernando s'était battu ; et lorsqu'on le lui eut nommé , elle demeura convaincue que j'étais encore à Cusco. Le rapport d'un militaire qu'elle rencontra sur la place , avait contribué à sa croyance.

Cet homme, nouvellement à Madrid , venait de quitter le Pérou , qu'il avait habité pendant plusieurs années. Il fit un pompeux éloge du vice-roi , qui avait su rétablir la paix dans ces riches contrées.

Mais, mon petit ami , demanda-t-il , tu connais donc le noble dom Sanche ?

Oui, lui répond Thérésia ; il a été le protecteur de toute ma famille , et je voudrais pouvoir lui consacrer mon existence. Depuis qu'il est parti , je n'ai pas eu un seul instant de bonheur.

Et quel moyen crois-tu prendre pour aller le rejoindre ? demanda le soldat.

— Hélas ! je l'ignore. — Quel âge as-tu ? — Dix-huit ans. — Tu es bien délicat ; sans cela je te dirais ce que tu pourrais faire. — Ah ! parlez, je vous en prie ; l'amitié donne du courage. — Eh bien ! il faut t'engager. Si tu le veux, je vais te conduire à l'hôtel du comte Fernando, qui est chargé par le roi d'envoyer des troupes au Pérou. Viens : ce n'est pas lui qui te signera ton engagement, car il est bien malade ; mais son secrétaire te recevra sans doute. Suis-moi.

Non, lui dit Thérésia ; indiquez-moi seulement où l'on peut s'embarquer pour gagner le Pérou. — Ah ! dame ! il faudrait pour cela que tu te rendisses à Cadix. Mais pour monter sur un vaisseau, as-tu de l'argent ? — J'en ai un peu. — En ce cas, nous partagerons ensemble ; car j'ai le dessein de retourner à Cusco. On est trop malheureux à

Madrid, où il n'est pas permis de dire,
une seule parole sans que les sbires de
l'Inquisition ne vous harcèlent de tous
côtés.

Dès ce jour, ajouta-t-il, nous allons
partir. Tu passeras pour mon fils ; car je
ne sais pourquoi tu m'intéresses.

Thérésia, bien persuadée qu'elle n'é-
tait point connue de cet homme, accepta son offre ; et tous deux, après avoir
déjeuné ensemble, se mirent en route
pour Cadix.

A leur arrivée, un vaisseau marchand
allait mettre à la voile. Le capitaine les
reçut à son bord, moyennant une somme
assez modique.

Ils furent long-temps en route ; plusieurs tempêtes les assaillirent pendant
la traversée, qui dura près de deux
mois.

Chère Thérésia ! combien elle éprouva de peines ! des angoisses plus cruelles,

s'il est possible, que la mort, la tour-
mentaient sans cesse; elle se croyait
condamnée à ne jamais me revoir.

Enfin le ciel, sensible à sa vive douleur, daigna y mettre fin, et le vaisseau, fracturé de tous les côtés, sans
mâts, sans voiles, et même sans cor-
dages, la calle déjà remplie d'eau, vint
se briser, par un coup de vent nord-est,
sur les rives du port de Vera-Crux. On
leur donna des secours, et, grâce au
ciel, personne ne périt.

Thérésia et son compagnon passèrent
deux jours dans la ville, ensuite ils en
repartirent pour se rendre à Cusco.

Dès que Thérésia fut certaine que
j'existais encore, et que je lui avais
conservé ma foi, en refusant la main
de la fille d'un des descendans d'Atabalipa, elle se décida à venir me trouver; cependant, elle me l'a avoué elle-
même, cette démarche répugnait à sa

délicatesse; mais elle ne pouvait faire autrement. Dénuée d'argent, il lui était impossible de se présenter dans un hôtel, ni de se procurer des vêtemens convenables à son sexe. Elle crut donc devoir m'écrire; elle le fit en ces termes : « Un jeune homme arrivant de Madrid, et à même de vous donner des nouvelles certaines de la fille du comte Alvarès, vous demande un moment d'audience particulière; il a des secrets importans à vous communiquer. Il attendra sur le perron de votre palais, que vous daigniez lui faire donner une réponse. »

J'étais au milieu du conseil des vieillards, où l'on discutait toujours les intérêts des citoyens, et dont on se faisait gloire de suivre les avis (1), lorsqu'un esclave

_____

(1) Le respect que l'on a pour les vieillards est une vertu commune à tous les peuples; mais

m'apporta le billet dont je viens de te dire la substance.

Ne voulant point interrompre l'assemblée, je refusai momentanément le papier.

L'instant d'après l'esclave revint, et cédant à son importunité, je le pris et le lut. On devait me donner des nouvelles de Thérésia ; j'allais enfin apprendre ce qu'elle était devenue ; car une des lettres du perfide Fernando m'assurait que sa tante et lui n'en avaient plus entendu parler. La lecture

---

particulièrement chez les habitans du Pérou. On leur porte une telle vénération, que leurs moindres désirs sont regardés comme des lois.

En lisant avec attention l'histoire de ces enfans de la nature, on n'y trouve que des traits qui font connaître qu'après le soleil, dieu de leur patrie, la vieillesse y est respectée comme étant la seconde divinité qu'ils puissent adorer.

de ce papier produisit sur moi un effet qu'il me fut impossible de cacher.

Seigneur, me dit le plus ancien de l'assemblée, qu'avez-vous? serait-ce des ordres de la cour? aurions-nous le malheur de vous voir retourner à Madrid? Dites-nous ce que nous avons à craindre ou à espérer.

Je le remerciai de l'intérêt qu'il me témoignait au nom de ses collègues, et l'assurai que cette affaire me regardait personnellement, qu'elle se rapportait à des intérêts de famille.

Comme le travail pour lequel le conseil des vieillards avait été réuni se trouvait entièrement terminé, l'assemblée se sépara, et je passai sur-le-champ dans mon cabinet, après avoir dit à l'esclave d'y faire conduire celui qui, resté près de la grande salle du palais, attendait mes ordres.

Bientôt je vis arriver un jeune homme

mis en simple paysan ; ses longs cheveux
blonds lui cachaient une partie de la figure, dont un bonnet enfoncé presque
sur les yeux me dérobait l'autre ; sa
marche était incertaine.

Il fut à peine au milieu de mon cabinet, que je le vis chanceler. Je courus
à lui, et je reçus dans mes bras cette
infortunée, que la calomnie avait voulu
flétrir à mes yeux.

Je jouissais du bonheur de posséder
Thérésia, et bientôt elle me fit connaître les crimes de l'infâme Fernando,
de ce monstre de perfidie, auquel j'avais
donné tant de fois le nom d'ami. Mon
secrétaire, homme âgé, que j'avais
amené avec moi d'Espagne, et en qui
j'avais toujours eu la plus grande confiance, avait eu le plaisir de voir
Thérésia à Madrid. Je le fis appeler,
et d'après mes ordres, il conduisit la
fille du noble dom Alvarès dans un

hôtel , dont la propriétaire était portu-
gaise.

Ce fut à elle que l'on confia ce que
j'avais de plus cher au monde; car je
ne pouvais décemment la garder à mon
palais. Il fallait qu'elle n'y rentrât que
le jour où, publiquement, elle devien-
drait mon épouse.

Ce moment tant désiré arriva. J'an-
nonçai que la comtesse dona Thérésia
venait de m'être rendue par un de ces
miracles que la Providence se plaît souvent à faire éclater.

Bientôt les habitans de Cusco se por-
tèrent en foule près du lieu qu'elle habitait. Les chefs de ces bons Péruviens
se réunirent pour lui présenter leur
hommage. Elle n'était point encore
mon épouse, qu'ils lui rendirent des
respects comme à une souveraine.

Enfin , plus que jamais persuadé de
la fidélité de ma chère Thérésia, je la

conduisis à l'autel, et là, en présence du Dieu des chrétiens, je lui donnai le nom de mon épouse.

Je ne te parlerai point, mon ami, des fêtes qui eurent lieu à Cusco. Les Péruviens me regardaient comme un père, et ma félicité était devenue la leur.

J'écrivis sur-le-champ à Madrid; mais, hélas! mes lettres n'arrivèrent point sans doute jusqu'au roi; car je sus que Fernando était devenu son favori le plus intime.

Malheur aux monarques qui sont assez faibles pour se laisser environner par des flatteurs! ils ne commettent que des injustices.

Le conseil des vieillards s'assembla secrètement dans le lieu où il tenait habituellement ses séances, et il arrêta de demander à Philippe III que je fusse

1.   7*

conservé pour tout le temps de ma vie dans les fonctions de vice-roi.

Ils firent de moi un éloge pompeux, ajoutant que ma douceur m'avait concilié tous les esprits ; que je n'avais point, comme mes prédécesseurs, empêché qu'ils ne remplissent les devoirs de la religion qu'ils professaient depuis tant de siècles.

En effet, leur culte étant celui du soleil, je consentis à ce qu'ils en rouvrissent le temple. Ce moyen, que j'avais été obligé de prendre en arrivant à Cusco pour calmer la révolte, et remettre tous les Péruviens sous la domination de l'Espagne, m'avait parfaitement réussi.

J'ai toujours eu pour principe que l'intolérance ne fait que des ennemis au gouvernement qui l'exerce.

Tout ce que la prudence m'avait sug-

géré tourna bientôt contre moi, et les
Péruviens, en voulant me donner une
preuve de leur attachement et de leur
parfaite reconnaissance, creusèrent l'a-
bîme affreux dans lequel mon épouse,
mon enfant et moi sommes peut-être
engloutis pour n'en jamais sortir.

La demande des bons Péruviens parvint jusqu'au monarque. Elle fut empoisonnée par le comte Fernando, qui
ne vit plus en moi, dit-il à Philippe,
qu'un chef de parti, qui prétendait enlever à l'Espagne la conquête du Pérou,
et se l'approprier.

Quelques insurrections qui se manifestèrent dans d'autres villes me furent
attribuées. J'avais, disait-on, des émis-
saires jusque dans le Mexique.

Je ne fus bientôt plus regardé que
comme un traître, et mon rappel, que
j'avais sollicité six mois auparavant avec

la plus grande instance, me fut notifié;
mais avec la défense expresse de sortir
de Cusco, que le nouveau vice-roi n'y
fût arrivé.

Il y avait à cette époque six mois que
j'étais l'heureux époux de Thérésia.

Je lui cachai les nouvelles que j'avais
reçues de Madrid. Je sentais que c'était
une disgrâce, et je craignais de l'alar-
mer. Elle portait un gage de notre
union ; gage malheureux, qui, s'il existe
encore, ne recevra sans doute point les
caresses de son père.

Deux mois se passèrent sans que je
visse arriver aucun Espagnol. On était
à la fin de l'hiver, et je pensai que ce
retard était causé par des difficultés de
la navigation. Je ne me trompais point.

Enfin, les vents étant devenus favo-
bles, on m'annonça qu'un bâtiment venait d'arriver au port de la Verra-Crux.

Je prévins alors ma trop malheureuse
épouse qu'il fallait quitter un pays où
elle désirait passer sa vie.

Partout où tu iras, me dit-elle, mon
bonheur sera de te suivre, pourvu que
ce ne soit point à Madrid. Tu as rempli
fidèlement tes devoirs ; tu dois être libre
d'aller où tu voudras. — Non, lui répondis-je, je sais, par des avis certains,
que le comte Fernando m'a calomnié,
et c'est à Philippe III que je veux en
appeler.

Nous sommes perdus, cher dom Sanche,
reprit mon épouse ; Philippe est un prince
trop faible pour te rendre justice, et nous
serons accablés par la méchanceté de
notre persécuteur.

Je voulais que Thérésia demeurât au
Pérou. Atabalipa, celui qui avait eu
l'intention de me donner sa fille pour
épouse, m'offrit de partager tous ses
biens, si je désirais rester au Pérou ; et

comme il me vit décidé à retourner dans
ma patrie, afin d'y confondre mon ennemi (car je ne lui avais pas caché que
je me croyais dénoncé), il me proposa
de garder mon épouse, m'assurant qu'il
la traiterait comme sa propre fille.

Jamais Thérésia ne voulut consentir à
se séparer de moi. Le nouveau vice-roi
fit son entrée à Cusco. Dès-lors je fus
sous la surveillance des gardes qu'il avait
amenés avec lui.

Il fut assez mal reçu des habitans, qui
tous manifestèrent leur douleur en me
voyant sur le point de partir. On mur-
murait hautement, et déjà les brandons
de la guerre étaient secoués dans la ville
et dans les environs.

Pour éviter quelques malheurs, et
prouver en même temps ma soumission
au monarque dont j'avais été le délégué,
je sollicitai du vice roi qu'il eût à ordonner mon prompt départ.

Il en sentit lui-même la nécessité, et ientôt nous gagnâmes le port pour nous mbarquer.

Ma sortie de Cusco fût un triomphe; r plus de quinze cents naturels du pays e suivirent. Ils conduisaient des cha- ots chargés de richesses, qu'ils vou- ent eux-mêmes déposer dans le vais- u que nous allions monter.

Combien il m'en coûta pour me séparer ces fidèles amis! Ah! si je leur avais ait du bien, ils surent s'en acquitter par a reconnaissance la plus éclatante.

Hélas! j'étais déjà à plus d'une demi- eue en mer, que j'entendais encore leurs ris d'adieu. Les mots mille fois répétés, *ivent dom Sanche et sa vertueuse pouse* avaient retenti jusqu'à la calle du aisseau quand nous étions montés à bord.

Nous arrivâmes en peu de semaines à adix. Lorsque nous mîmes pied à terre, ous fûmes entourés par une troupe d'alguazils, que je reconnus pour des cavaliers de la Sainte - Hermandad. On me chargea de fers, après m'avoir montré l'ordre du grand inquisiteur.

Ma chère Thérésia partagea mon sort : ni sa beauté, ni sa jeunesse, ni son état enfin (car elle allait devenir mère), ne purent toucher le cœur de ces barbares. Nous fûmes conduits dans les prisons de la ville, où nous ne passâmes que huit jours. Au bout de ce temps, on nous amena ici.

Que le ciel récompense le geôlier de la maison d'arrêt de Cadix ! c'était un homme brusque, mais sensible, et mêm généreux. Il fut touché de la position d mon épouse, et loin de nous séparer, il nous donna une chambre assez commode, et ne nous laissa manquer de rien. Ma femme était souffrante ; je tremblais à chaque instant de la voir périr.

Malheureuse Thérésia ! me disais-je

intérieurement, était-ce donc là le sort qui devait être réservé à la noble fille de mes bienfaiteurs!

Comme on m'avait signifié que je ne resterais à Cadix que provisoirement, je faisais des vœux pour que ma femme eût au moins le temps d'y faire ses couches. Le concierge et sa compagne étaient de si braves gens, que j'en attendais les plus grands secours pour ce moment craint et souhaité tout à la fois; mais, hélas! ceux qui nous persécutaient avaient juré notre perte.

La coupable Eléonore surtout, qui craignait le retour de sa nièce; tremblait qu'on ne nous amenât à Madrid, où j'avais de nombreux partisans; et Fernando persuada au monarque qu'afin d'éviter une émeute parmi le peuple, il était prudent de me faire conduire au plutôt à Lisbonne.

1.   8

Le ciel permit que l'indigne Eléonore ne pût jouir des biens de Thérésia ; car j'appris à Cadix même qu'elle venait de terminer une vie qu'elle avait réellement déshonorée par la plus infâme conduite.

L'ordre donné par le grand inquisiteur de Madrid, fut envoyé à celui de Lisbonne. Nous fûmes remis tous deux au pouvoir du tribunal sanguinaire qui doit déshonorer à jamais les rois d'Espagne, qui n'ont pas eu le courage d'anéantir cette corporation monstrueuse.

On nous traîna au greffe ; Thérésia pouvait à peine se soutenir : je l'aidai dans sa marche chancelante.

On nous enleva tout ce que nous avions sur nous, tant en or qu'en bijoux ; et le même homme chargé de cette odieuse fonction me dit d'une voix sépulcrale : vous pouvez faire vos adieux à cette femme ; j'ai ordre de la conduire au quartier où sont enfermées toutes celles de son sexe. Aussitôt des gardes s'approchèrent de nous.

Je me jetai aux genoux de ces barbares, j'étendais vers eux des mains suppliantes ; il n'était point d'humiliation dont la cause ne m'enorgueillît : je me traînais à leurs pieds ; mais, hélas ! ce fut inutilement.

Je sortis de mon attitude, qui ne pouvait me réussir ; puis prenant dans mes bras cette épouse adorée qu'on allait me ravir, et n'écoutant que mon désespoir, je jurai qu'on ne l'aurait qu'avec ma vie.

Je fus bientôt obligé de la leur céder ; car les barbares me donnèrent plusieurs coups du plat de leurs épées. Je vis l'instant où celle que je m'efforçais de conserver allait être aussi frappée sous mes yeux.

Je collai mes lèvres tremblantes de

fureur sur cette figure angélique que semblaient avoir décolorée les ombres de la mort.

On ne me laissa pas jouir de cette douloureuse faveur ; deux hommes l'enlevèrent, et me poussant rudement sur le parquet, ils m'y laissèrent, et j'y restai sans connaissance.

Lorsque je revins à la vie, je me trouvai dans ce cachot. C'était au milieu de la nuit. J'entendis de longs et douloureux gémissemens. Je pensai que mon épouse avait été apportée dans le même tombeau.

Je parcourus à tâtons cette vaste enceinte, appelant à voix haute Thérésia ; mais, hélas ! je n'entendis que ces mots douloureux : *Qui que vous soyez, ayez pitié des victimes qui sont entassées dans ce lieu d'horreur. Modérez vos cris ; il est des infortunés*

*qui sans doute reposent. Au nom du
ciel, ne les éveillez point.*

Ces paroles me firent comprendre que
mon épouse n'était point auprès de moi ;
d'ailleurs, je me ressouvins que l'on
avait parlé du quartier où l'on mettait
les femmes, et je fus convaincu que j'é-
tais pour toujours séparé de la mienne.

Je me jetai sur une natte près de laquelle mon pied avait heurté ; et là,
plongé dans le plus sombre désespoir,
j'attendis le jour. Il vint. Bientôt à sa
lueur je pus voir plus de trente malheureux, tant couchés que levés.

Leur aspect me fit frémir ; et si l'affreuse conviction de mon existence ne
m'eût fait sentir que j'étais encore au
nombre des vivans, je me fusse persuadé que l'on avait fixé ma demeure au
milieu de ces catacombes affreuses que le
respect a formées pour recevoir les restes
de la fragile humanité.

C'est ici , mon ami , que je gémis depuis tant d'années , sans avoir jamais pu apprendre si ma femme , si mon enfant existent encore.

Depuis ce funeste moment où je me suis vu enlever les seuls objets qui m'attachaient à la vie , j'ai été successivement le compagnon d'esclavage de plus de mille malheureux. Hélas ! en me quittant pour être conduits au tribunal , presque tous m'avaient promis que s'ils échappaient à l'inflexible cruauté des hommes sanguinaires devant lesquels ils allaient paraître , ils tâcheraient d'approcher du roi et de lui parler de mon sort ; mais, hélas ! tous sans doute ont péri , puisque je n'ai pu encore obtenir d'être jugé.

Mon implacable ennemi redoute que je ne le fasse connaître , et nous sommes condamnés , ou du moins je le crois, à passer ici notre vie toute entière.

Cher Florestan, ajouta dom Sanche, tu n'es ni époux, ni père, et ta situation est encore moins affreuse que la mienne.

Un événement heureux pourrait te sauver. Le général Spinola a, dis-tu, maintenant un grand crédit à la cour, et sa puissance pourrait lui donner les moyens de pénétrer jusqu'ici.

Ah ! lui répond le jeune Portugais, que les malheurs de dom Sanche avaient vivement ému, je vous promets que le même moment verra briser vos fers et les miens ; et si j'étais appelé seul devant cet infâme tribunal, j'oserais élever la voix et faire connaître en même temps et votre persécuteur et le mien.

CHAPITRE VI.

L'ABSENCE de Florestan causait dans le château de la Riche Colline une inquiétude des plus grandes. Le noble dom Carlos et le général Spinola, qui avaient été forcés de partir de suite, attendaient qu'on leur envoyât le jeune homme. Déjà quatre jours s'étaient écoulés, et la douleur de Célina paraissait extrême, non qu'elle soupçonnât que le comte Fernando fût capable d'avoir attenté à la liberté du vertueux Portugais; mais elle présumait que son amant était retenu à Lisbonne pour cause de maladie; car depuis quelques semaines il ne jouissait pas d'une parfaite santé.

Dom Sébastien, le respectable aumônier du château, proposa à la comtesse et à sa sœur d'aller lui-même à la ville,

afin de s'informer de ce qu'il était devenu. Il partit aussitôt qu'il eut obtenu
l'agrément des deux senora.

Il se présenta chez le gouverneur, qui
le reçut avec cette affabilité qu'il savait
prendre toutes les fois qu'il voulait
tromper.

Il se leva à son approche. Ah ! dom
Sébastien, lui dit-il d'un ton riant,
combien j'ai de plaisir à vous voir !
Ministre d'un Dieu, vous êtes encore
pour moi un ange de consolation. Sans
doute vous m'apportez une heureuse
nouvelle ; que le ciel en soit béni, et
qu'en récompense il vous comble de ses
faveurs les plus signalées. Enfin l'adorable Célina consent à devenir mon
épouse ? Vous avez sûrement pour moi
une lettre du général ; veuillez conten-
ter ma vive impatience, et me donner
sur-le-champ cet écrit ; car, en vérité,
depuis huit jours je n'existe pas. Je crai-

gnais de n'être point aimé, et que mon âge ne devînt un obstacle à mon bonheur.

Il avait parlé avec une telle volubilité, que dom Sébastien n'avait pu même l'interrompre.

Eh bien ! mon cher, continua-t-il, la lettre du général ? — Seigneur, le général est parti depuis quelques jours avec dom Carlos, et ma démarche en ces lieux n'a d'autre but que celui de vous demander ce qu'est devenu le jeune Florestan, qui a dû vous remettre un écrit de la part du noble Spinola. — A moi ! je n'ai vu personne. — Eh quoi ! seigneur, vous n'avez point vu notre ami ? — Non, mon cher. — Grand Dieu ! vous m'effrayez ! Je présumais le trouver ici. — Il n'y est jamais venu ; mais connaissez-vous la nature du message ! — Nullement. — Peut-être ce jeune homme, qui, je crois, est fort étourdi, a dans la capitale quelque beauté qui, la première, aura obtenu son hommage. —Monseigneur, ce que vous me dites-là ressemble fort à une plaisanterie. — Non, mon cher, je ne plaisante jamais ; et pour vous en donner une preuve, je vais ordonner toutes les recherches possibles, afin de le retrouver.

En effet, il fit appeler plusieurs de ses gardes, écrivit aux magistrats des différens quartiers de la ville, afin que l'on fît des perquisitions dans tous les hôtels publics.

On sait fort bien qu'elles durent être inutiles.

Le lendemain, on montra à dom Sébastien les rapports des commissaires ; et le jeune homme, dont on leur avait donné le signalement, n'ayant pas été retrouvé, on se livra à mille conjectures plus désespérantes les unes que. les autres.

Peut-être, dit le comte Fernando, qu'en venant du château de la Riche Colline , il aura passé par la forêt des Bruns (1) , et que là quelques-uns des brigands dont elle est nouvellement infestée, auront attenté à son existence.

Pauvre Florestan! ajouta-t-il, il est victime de son zèle; mais enfin si le malheur, que nous présumons possible, a eu lieu, il faut convenir qu'il a été bien imprudent de s'exposer à traverser seul

_____

(1) A trois lieues de Lisbonne, on trouve une forêt qui porte le nom de la forêt des Bruns. Elle fut , en 1259, la retraite d'une compagnie de Maures qui , battus par les Espagnols, s'y cachèrent, et commirent toutes sortes d'attentats contre les voyageurs. Pour les détruire, on fut obligé de mettre le feu dans le bois : ce moyen réussit, et l'on parvint à les prendre.

un endroit qui inspire de la terreur au plus brave. Mon cher dom Sébastien, je vais faire partir un nombre suffisant de soldats pour qu'ils parcourent la forêt. Je me rendrai ensuite auprès de l'épouse de dom Carlos, et ce sera chez elle qu'on viendra me faire connaître le résultat des démarches que commande impérativement l'amitié que nous portons tous à Florestan.

L'aumônier fut vivement affligé d'abord de la perte du jeune homme, ensuite de la pensée de rentrer au château, étant réduit à donner d'aussi mauvaises nouvelles.

Cependant Fernando cherchait à le consoler. Mon cher, lui disait-il, peut-être que nos craintes sont exagérées, et que le sort nous rendra cet aimable jeune homme. N'allons point effrayer Isabelle et Célina, en leur apprenant toutes les démarches qui ont été faites par mes ordres. J'aime encore à me flatter qu'il reparaîtra bientôt.

Il croyait pouvoir partir avec dom Sébastien; un événement subit l'en empêcha.

Lorsqu'il avait été placer une dénonciation dans la boîte fatale qui était attachée à la porte du palais inquisitorial, il ne pensait point qu'il dût y avoir promptement un auto-da-fé; il entendit sonner le soir la cloche funèbre, qui annonçait cette horrible cérémonie pour le lendemain.

Il se hâta d'aller trouver le grand inquisiteur. Celui-ci était son intime ami; il lui demanda de ne point mettre en jugement le prisonnier qu'on avait arrêté, assurant que c'était un jeune homme appartenant à une noble famille, et qu'en le privant de la liberté pendant plusieurs années, il serait assez puni de ses propos irreligieux.

Il y a des accommodemens avec les hommes les plus sévères. Dans ce siècle-là, comme dans celui-ci, l'argent fait tout, et quelques riches présens conser-vèrent la vie à Florestan, non par gé-nérosité de la part du comte Fernando, mais dans la crainte qu'il n'échappât à sa vengeance; car il arrivait quelquefois que des gens traduits à l'inquisition par-venaient à être acquittés, et souvent quand on pouvait connaître les dénon-ciateurs, ils étaient punis.

Ainsi donc la perfide politique du gouverneur empêcha la mort de l'in-fortuné Florestan.

Dom Sébastien arriva au château dans un situation d'esprit difficile à dé-crire. Il était près de onze heures du soir, et tout le monde y veillait encore.

La douleur empreinte sur ses traits ne manqua point de frapper les deux sœurs. Personne cependant n'osait l'interroger. On tremblait d'apprendre quelqu'événement sinistre. Enfin, Célina, d'une voix entrecoupée, lui dit : Vous ne ramenez point Florestan?

Que devint cette fille charmante, quand l'aumônier lui eut fait un récit exact de tout ce qu'il savait sur la non-apparition de son amant chez le gouverneur! Anna était en ce moment auprès de ses maîtresses. Mon Dieu! dit-elle, ce méchant Fernando l'aura fait arrèter.

Ne le croyez pas, dit Sébastien; il m'a témoigné la plus vive douleur. On a fait par ses ordres de grandes perquisitions, et tous les rapports s'accordent à prouver que le jeune Florestan n'est pas même arrivé jusqu'à Lisbonne. On craint qu'en traversant la forêt des Bruns, il n'ait été arrêté par quelques-uns des brigands dont elle est remplie, du moins à ce qu'il prétend.

Demain, ajouta-t-il, le comte doit venir ici, et sans doute qu'il nous apportera quelques nouvelles satisfaisantes. Au moment où je l'ai quitté, il venait de faire partir des soldats pour battre la forêt d'un bout à l'autre.

Il fit tout son possible pour ramener l'espérance dans le cœur de Célina et dans celui d'Isabelle ; mais il ne put y réussir.

Le lendemain on vit arriver au château, non pas le comte Fernando, comme on l'avait annoncé, mais un de ses gens ; il demanda à parler secrètement à l'épouse de dom Carlos, et lui remit une lettre.

Elle était ainsi conçue :

« Avec tout le zèle que m'a inspiré votre famille, j'ai fait des recherches dans la ville, et jusqu'à ce matin elles avaient été infructueuses.

» Je me suis rendu sur le port, et j'ai

appris qu'un vaisseau, parti il y a quatre jours, avait reçu sur son bord un Portugais nommé Florestan. Il était accompagné d'une personne qu'il a dit être son épouse ; et le bâtiment ayant sa direction déterminée pour le Mexique, il est presque certain que le jeune homme, objet de vos inquiétudes, a formé le projet de séjourner dans ce pays.

» D'après le vif intérêt que vous prenez à ce Portugais, que le marquis de Spinola semblait aimer comme s'il était son fils, je vais écrire à Mexico même, où j'ai plusieurs connaissances parmi les plus notables de la ville, avec l'injonction précise de faire arrêter l'ingrat qui a pu s'éloigner de ses bienfaiteurs. Je le connais assez pour avoir donné de lui un signalement exact.

» Je suivrai de près ma lettre, afin de connaître l'esprit de celle que Florestan devait, dit-on, me remettre de la part du général votre oncle. J'aime à croire qu'elle était favorable à l'amour ardent que m'a fait ressentir votre adorable sœur. Agréez, etc. »

Que devint Isabelle en recevant cet écrit, qui semblait porter le caractère de la vérité ?

Florestan ingrat était pour elle une chose inconcevable. Il adorait Célina, et lorsqu'il avait l'espoir de la posséder, qu'il avait reçu d'elle l'aveu le plus tendre, une autre femme avait eu le pouvoir de le faire manquer aux lois impérieuses de la reconnaissance. On se demandait dans le château quelle était la personne qu'il avait avec lui en entrant dans le vaisseau. On ne lui connaissait aucune inclination ; d'ailleurs, il n'allait presque jamais à Lisbonne, et lorsque, pour remplir les ordres du général, il faisait ce petit voyage, dom Sébastien, qui avait formé sa jeunesse à la pratique de toutes les vertus, l'avait toujours suivi.

L'épouse de dom Carlos fit appeler l'aumônier, et lui montra la lettre, à laquelle il ne put ajouter foi, non qu'il accusât le comte Fernando de méchanceté; mais il se plaisait à affirmer qu'une ressemblance de noms l'avait trompé.

Non, dit-il à Isabelle, non, le noble Florestan peut avoir péri dans la forêt en la traversant; il peut même avoir été arrêté nuitamment dans la ville par quelques malfaiteurs : mais qu'il ait pris la fuite, qu'il ait outragé l'honneur et foulé aux pieds les lois sacrées de l'amitié et celles de la reconnaissance, cela est absolument impossible : on n'oublie pas en un seul instant les devoirs que l'on a si bien remplis.

Célina fut bientôt instruite du contenu de la lettre envoyée par le gouverneur , et partagea l'opinion de Sébastien ; mais cependant il paraissait presque certain que Florestan était à jamais perdu pour la famille qui l'avait adopté.

C'était dans le château un deuil général. Le comte Fernando y vint , et sembla partager la douleur de tous ceux qui l'habitaient , mais avec une adresse, une perfidie dont tous les traits retombaient sur l'amant de Célina.

Bientôt Isabelle le présuma réellement coupable, l'écrivit à dom Carlos et à son oncle, et alla jusqu'à blâmer hautement sa sœur , qui conservait pour un ingrat un amour qu'il était loin de mériter.

Ce fut ainsi que, par l'hypocrisie , Fernando crut pouvoir triompher de la haine que lui portait l'amante de Florestan.

Tandis qu'auprès d'Isabelle il versait

sur le jeune homme tous les poisons de la calomnie, il l'engageait en même temps à traiter sa sœur avec bonté.

Je l'aime réellement, lui disait-il ; mais au prix de ma vie je ne voudrais point la contraindre ; laissons au temps à lui dessiller les yeux, et j'espère que mes soins et mon respect parviendront à me faire aimer.

C'était en vain qu'il se berçait d'un chimérique espoir ; plus il faisait pour paraître aimable, empressé, plus il déplaisait à celle qui était l'objet de ses soins. Ce n'était point son âge qui effrayait Célina ; mais une voix secrète semblait dire à cette jeune infortunée : C'est Fernando qui a fait périr le compagnon, l'ami de ta jeunesse, celui qui eut ton premier amour.

Pendant six mois, les visites du comte furent très-fréquentes au château. Il avait su gagner tellement le cœur d'Isabelle, que celle-ci devint presque insensible aux peines de sa sœur.

Un événement bien douloureux vint affliger de nouveau toute la famille. Le général Spinola fut attaqué d'une maladie contre laquelle échoua toute la science de la médecine ; et ce brave guerrier, qui avait rendu tant de services à la cour d'Espagne, fut rapporté au château de la Colline la Riche, pour y recevoir les honneurs funèbres. Avant de mourir, il avait recommandé à dom Carlos de ne point contraindre sa belle-sœur à prendre pour époux le comte Fernando. Son neveu le lui avait promis, ne présumant pas que sa femme pût penser et agir autrement qu'il ne le désirait. Il pensait que le bonheur de Célina devait lui être cher.

Il lui écrivit à ce sujet, et tout en faisant l'éloge du comte, éloge qu'il croyait devoir à sa probité, il parlait à sa femme d'un parti beaucoup plus conforme aux inclinations d'une jeune personne.

Isabelle eut l'imprudence de montrer cette lettre à Fernando ; et comme elle ne pouvait souffrir qu'on la contrariât lorsqu'elle avait décidé quelque chose, elle signifia à la malheureuse Célina qu'elle eût à obéir à la volonté du général Spinola.

Jamais, lui répond avec fermeté cette dernière, jamais je ne serai l'épouse d'un homme que je ne pourrais aimer, et ses poursuites continuelles me donneraient lieu de croire qu'il n'est peut-être point étranger à la disparition de Florestan.

Comment, Célina ! vous pourriez l'accuser d'un crime ? — Un ambitieux, un jaloux, sont capables de tout. Ah ! ma sœur, je suis très-jeune encore ; mais je vois avec bien de la peine que

cet homme possède toute votre confiance,
qu'il ne quitte presque plus le château.
Vous en serez peut-être un jour la victime. Quant à moi, qui ne veux plus
me trouver exposée à entendre les ex-
pressions de son ridicule amour, je vous
demande comme une grâce de ne pas
être contrainte à sortir de mon appartement, lorsqu'il viendra ici.

Isabelle témoigna son mécontentement en entendant sa sœur s'exprimer
ainsi. Le comte Fernando avait pris un
tel empire sur elle, qu'il était devenu
l'oracle du château, non qu'Isabelle
eût aucun reproche à se faire; l'honneur, les vertus lui étaient chers : mais
le comte, bassement hypocrite, adroitement flatteur, imposait, persuadait même; il savait si bien s'insinuer dans l'esprit
de ceux qu'il voulait tromper, que l'on
ne connaissait sa perfidie qu'à l'instant

1.   9

où il n'était plus temps d'en éviter les funestes effets.

Célina versait sans cesse des larmes ; sa fidèle Anna était devenue sa seule compagnie : elle seule aussi cherchait à la consoler. Plus heureuse que sa jeune maîtresse, elle n'était point séparée de son cher Pédro ; et son père ayant cédé à la tendresse paternelle, avait enfin renoncé au projet de lui choisir lui-même un mari ; il la laissait libre d'épouser le jardinier quand elle le voudrait, et cette bonne fille ne retardait son mariage que pour ne point affliger sa maîtresse, qu'elle aimait à l'égal d'une sœur.

Célina, qui formait le projet d'abandonner le château, où elle n'était plus heureuse, pour se rendre dans un monastère de Lisbonne, s'expliqua franchement avec Anna, mais en la suppliant de lui garder un secret inviolable,

Un billet qu'elle reçut secrètement lui rendit l'espérance de revoir un jour Florestan, et fortifia en même temps la haine qu'elle avait conçue pour son odieux rival. Ce fut ce qui la décida à quitter promptement le château; mais elle voulut auparavant assurer le bonheur de celle qui lui immolait jusqu'à son amour.

Bonne Anna, lui dit-elle un soir qu'elle venait de quitter dona Isabelle (avec laquelle elle avait eu une longue conversation, et qui ne s'était point terminée d'une façon agréable), je compte sur ton attachement, et je dois te faire un aveu.

Depuis deux jours tu me vois moins triste, et tu présumes sans doute que, docile aux ordres de ma sœur, je vais épouser le comte Fernando; désabuses-toi, si tu as pu penser que Célina devienne jamais infidèle.

Florestan, au tombeau, m'eût condamnée par sa mort à un éternel céli-
bat ; mais Florestan existe : juge si je
dois le trahir.

Que dites-vous, ma chère maîtresse ?
ce vertueux jeune homme..... — Existe,
te dis-je ; crois-en celle qui l'adore ;
crois-en ce billet écrit de sa main : mais
songe qu'une seule imprudence peut le
faire périr.

Anna pressait, baisait la main de sa
maîtresse pour lui exprimer l'excès de sa
joie.

Ce premier transport passé, la jeune
personne lui apprit comment elle avait
reçu cet écrit, tout-à-la-fois consolateur
et cruel.

Un soir, lui dit-elle, je me promenais
seule du côté des grilles du parc ; j'étais
absorbée par les plus tristes réflexions,
que me causaient et la perte de mon
oncle et celle de Florestan : je fus tirée

de cette situation douloureuse, par une voix qui m'était absolument inconnue.

Je levai les yeux, et vis près de la porte d'entrée un mendiant qui me tendit la main. Je m'approchai, et lui fis mon offrande. Senora, me dit-il, vous êtes sans doute l'épouse de dom Carlos? —Non, mon ami, je suis sa sœur. — C'est vous que l'on nomme dona Célina? —Oui, moi-même. —Êtes-vous seule, et bien certaine qu'on ne peut apercevoir que je vais vous donner un billet? — Oui, très-certaine. —En ce cas, le voici.

Je reçus ce billet à travers la grille, et cet homme disparut avec la rapidité de l'éclair. Je l'appelai, mais inutilement; il ne se retourna point. Bientôt je le perdis de vue.

J'étais restée comme immobile, tenant à la main le papier que l'on venait de me donner, et me reprochant presque de l'avoir accepté.

J'allais l'ouvrir, lorsque je vis venir à moi le comte Fernando, qui depuis quinze jours n'avait point paru au château; il donnait le bras à ma sœur, et tous deux me cherchaient.

Je serrai furtivement le papier dans mon sein, et quittai la place où j'étais pour rejoindre ceux que je pouvais regarder comme mes véritables oppresseurs.

Mon émotion était des plus vives; une rougeur subite me couvrit le front; je sentis mes jambes fléchir. Par bonheur il se trouvait un banc entre moi et ceux qui me causaient un tel effroi, je m'y arrêtai, et cherchant à me remettre de mon trouble, j'affectai d'être satisfaite de voir le comte Fernando. Il ne fut point dupe des efforts que je faisais; car de loin il avait aperçu que j'avais parlé à quelqu'un. Je l'ai appris ensuite dans une conversation que j'eus avec ma sœur.

Vous restez ainsi seule, me dit-il, belle Célina, et vous nous privez de votre aimable compagnie. Je lui répondis : Il est dans mon caractère d'aimer la solitude. Une âme froissée par une profonde douleur, cherche souvent à se trouver libre dans ses réflexions.

Ma sœur fut piquée de cette réponse, qui semblait être une critique de sa gaîté. Ce n'était pas dans cette intention que j'avais parlé; mais quand on a des reproches à se faire, les moindres mots qui peuvent attaquer nos torts ont presque toujours l'air d'une offense.

En effet, dona Isabelle était bien changée; cependant elle n'avait point cessé d'être bonne mère, épouse fidèle : mais depuis que Fernando était devenu son conseiller, son ami, elle n'était plus la même.

La mort du général Spinola ne l'avait affectée que bien faiblement, et le souvenir de Florestan, dont elle avait mille fois vanté la candeur et les vertus, était pour elle un objet de mépris. Sans cesse elle blâmait Célina de penser à lui. Il est vrai que toutes les apparences étaient contre ce malheureux; mais si l'épouse de dom Carlos n'eût point été prévenue par un homme qui avait un intérêt direct à la tromper, elle eût cédé aux avis que lui avait donnés dom Sébastien.

Senora, lui avait-il dit un jour, vous prétendez contraindre votre aimable sœur à épouser le comte Fernando, et vous avez cru au rapport qu'il vous a fait sur le fils adoptif du général; qui sait si lui-même n'a point contribué à sa perte? Je ne prétends pas l'accuser sans preuve; mais certaine histoire qui ne lui fait pas honneur, et qui s'est passée à Madrid, prouve qu'il n'a pas toujours été aussi vertueux qu'il paraît l'être en ce moment. Ajoutez à cela que, par ses conseils, la senora votre sœur est aujourd'hui bien malheureuse, puisque vous prétendez la forcer à épouser un homme qu'elle déteste. Je vous avoue franchement que je ne prêterai point mon ministère pour bénir une telle union.

Vous pourrez vous en dispenser, lui avait répondu Isabelle, puisque j'ai fait choix d'un autre aumônier.

Dom Sébastien, ayant entendu avec calme l'avis qui lui était donné, sentit que c'était un ordre de départ. Il ne se le fit pas récidiver, et le jour même il était sorti du château, après avoir promis à Célina de tout entreprendre pour découvrir, s'il lui était possible, ce qu'était devenu un jeune homme qu'il n'avait jamais pu croire criminel.

Après avoir salué Célina, il se rendit à l'appartement d'Isabelle. Senora, lui dit-il, recevez, avec mes adieux, l'expression des vœux sincères que je forme pour votre bonheur; mais craignez que l'homme qui maintenant domine dans ce château, ne soit votre plus implacable ennemi; et soyez bien assurée que jamais le noble dom Carlos, votre époux, n'apprendra de moi l'affront que vous prétendez me faire.

Je souhaite même, avait-il ajouté, qu'il ne le sache jamais; car ayant été honoré de sa confiance et de son estime, il pourrait vous demander par quel motif j'ai pu être trouvé indigne de l'une et de l'autre. Il la quitta.

Son départ avait causé beaucoup de chagrin dans l'intérieur du château, et contribuait encore à augmenter les peines de Célina; mais revenons à la scène du parc.

Le comte Fernand s'assit sur le banc où j'étais, dit l'amante de Florestan à Anna; il me prit la main. Je n'osais

pas la retirer (ma sœur me regardait
avec une attention scrupuleuse), il la
sentit tremblante. — Vous êtes bien
émue, me dit-il; si je pouvais me flatter
que les dernières volontés de mon ami
Spinola, le consentement de dom Carlos
et le désir de son épouse précédassent
mon bonheur, je n'aurais plus de vœux
à former. Répondez donc enfin : depuis
une année je vis dans l'espérance; mais
si je devais la perdre, je me croirais le
plus malheureux des hommes.

Je lui dis avec une fermeté dont je m'é-
tonne encore, que personne n'avait eu
le droit de disposer de moi; que ma résolution était et serait invariable; qu'on
ne parviendrait jamais à me contraindre
à l'épouser, et que s'il avait eu quelqu'idée de la véritable délicatesse, il
ne m'aurait point fait souffrir de ces
importunités. J'ajoutai, en regardant

Isabelle : je ne puis vous pardonner tout
le mal que vous m'avez causé.

Ces mots le firent pâlir. Il me crut
sans doute instruite du sort de mon
cher Florestan, et n'eut pas la hardiesse de me demander ce que je voulais
dire. Isabelle le fit avec sévérité. Je lui
répondis d'un ton calme : Hélas, il m'a
ravi votre amitié, il a porté la douleur
dans cette habitation, et a provoqué la
sortie d'un homme estimable, qui avait
droit autant aux égards de ma sœur
qu'à l'amitié de son époux. Voilà de ces
torts qui ne peuvent se réparer, et dont
un noble seigneur doit sans cesse rougir.

Isabelle parut émue; elle me tendit
la main, je la baisai avec transport. Je
t'aime toujours, me dit-elle; mais pourquoi montres-tu un tel entêtement contre
un mariage qui plaît à toute la famille?
—Je suis trop vertueuse pour donner

a main quand mon cœur est à un autre.
— Florestan a lâchement abandonné ses
bienfaiteurs ; comment n'es-tu pas in-
dignée de sa perfidie? — Parce que je
n'y crois point. — Mais n'est-on pas
certain qu'il s'est embarqué avec une
femme pour se rendre au Mexique?
reprit Fernando. — Vous nous l'avez
écrit, et je répète ce que je vous ai déjà
dit à cet égard : on a pu vous tromper ;
mais le cœur d'une amante n'est point
aussi crédule que celui d'un rival. Et
qui sait s'il n'a point été la victime d'un
funeste complot? s'il ne gémit pas dans
une obscure prison? Le temps pourra
découvrir la vérité, et c'est maintenant
de lui seul que je l'attendrai pour disposer
de moi.

Ah! ma chère Anna, si dans ce moment tu eusses pu voir la figure du
comte, elle t'eût effrayée; elle était devenue hideuse; ses yeux, naturellement

faux, me firent frémir. Il se mordait les lèvres, et cependant il cherchait encore à y placer alternativement un de ces sourires sardoniques, qui semblent annoncer le désir de la vengeance.

Hélas! si j'avais eu pris connaissance du billet que l'on venait de me remettre, je me serais bien gardée de parler ainsi que je venais de le faire! Apprends que l'infâme Fernando tient en ses mains les destinées du mortel adoré, pour qui je voudrais pouvoir sacrifier ma vie.

Le soleil venait de se coucher, et l'heure autant que la fraîcheur du soir nous rappelaient dans les appartemens. Le comte m'offrit son bras; j'avais déjà pris celui de ma sœur; je le remerciai, et nous gagnâmes seulement le château, sans proférer une seule parole.

Le souper fut aussi silencieux que la promenade l'avait été. En me quittant, ma sœur me tendit encore une fois la

main ; je lui donnai la mienne ; elle la
serra affectueusement, et je crus voir,
que des larmes obscurcissaient ses yeux.
Le comte venait de passer dans l'appartement qu'on lui avait préparé.

Tu ne restes point auprès de moi? me
dit ma sœur. J'étais trop empressée de
lire mon billet pour céder à son invita-
tion, qui semblait être des plus amicales.
Je feignis une indisposition subite ; et
après l'avoir embrassée (hélas ! tu le
sais bien, Anna, depuis long-temps
j'étais privée de cette faveur), je gagnai
mon appartement.

A peine y fus-je entrée que j'en fer-
mai soigneusement la porte, dans la
crainte qu'Isabelle ne vînt m'y trouver.

J'ouvris le billet. Quels furent et ma
joie et mon délire en reconnaissant la
signature de Florestan !

Je n'avais encore vu que ce nom chéri,
lorsque je me jetai à genoux, et les

mains élevées vers le ciel, je lui témoignai ma reconnaissance. Enfin mes yeux, presque obscurcis par les pleurs de la joie, je lus l'écrit que voici : écoute attentivement. « Je suis tombé au pouvoir du plus abominable de tous les hommes ; le comte Fernando m'a fait précipiter dans le gouffre des cachots de l'Inquisition. Si le coupable est encore lié avec mes bienfaiteurs, ne paraissez point instruite de mon sort, vous hâteriez mon trépas ; la puissance du comte sur le chef de ce tribunal d'assassins est des plus grandes. Si cette lettre vous parvient, ô ma chère Célina ! vous pourrez espérer que bientôt je serai rendu à la liberté. Celui qui vous la remettra est un des concierges de notre prison. Ne faites aucune démarche pour me sauver, ce serait me perdre, et vous perdre tous en même temps ; car si Fernando craignait d'être démasqué, n'osant pas souffrir qu'on me traduisît en jugement, il me ferait donner la mort, pour éviter les suites d'une procédure qui aurait de l'éclat.

Méfiez-vous de ses perfides insinuations ; et pour vous mettre à même d'éviter de tomber en son pouvoir, demandez à vous rendre au couvent de la Santa-Maria. Le concierge a une de ses sœurs qui en est la tourière, et je pourrais vous faire donner de mes nouvelles. Adieu ; espoir et courage. Je vous le répète, si cet écrit vous parvient, vous aurez lieu d'espérer que bientôt ma liberté me sera rendue. Amour pour la vie. » FLORESTAN.

Tu dois penser à mon désespoir quand je vis que, d'un moment à l'autre, on pouvait conduire à la mort l'ami le plus tendre, l'amant le plus aimé. Cent fois je relus cet écrit, et surtout cette phrase : *Si ce billet vous est rendu, je serai*

1.   9 *

bientôt libre. Mais la joie qu'elle me causait était empoisonnée par le souvenir de ce que j'avais dit à Fernando, tandis que nous étions dans le parc. Je ne savais comment faire pour réparer cette imprudence, qui pouvait donner lieu de croire que j'étais instruite du sort de Florestan. Je passai la nuit dans une situation que l'on peut éprouver, mais qu'il est impossible de dépeindre. Je tremblais d'apprendre le matin que le comte fût retourné à Lisbonne : je ne dormis pas un seul instant, et le jour commençait à peine, que j'étais à ma croisée, pour m'assurer s'il ne partait aucune voiture. Je fus un peu plus tranquille lorsque j'eus aperçu Fernando.

Il se promenait avec son secrétaire, et paraissait assez animé. Je crus pouvoir juger qu'il parlait de moi ; car à plusieurs reprises ils se retournèrent du côté de mon appartement. Je les voyais ;

mais ils ne pouvaient en faire autant : mes jalousies étaient baissées.

Je formai la résolution de feindre pendant quelque temps avec cet homme abominable, afin de ne point exposer Florestan à sa vengeance ; et je veux tâcher de le retenir au château jusqu'à l'époque où je pourrai en sortir.

Hier, à l'heure où tout le monde se réunit pour déjeuner, je descendis, ce qui ne m'arrive point ordinairement. Ma sœur me fit amitié, et je reçus avec moins de fierté les hommages du comte. Je l'entendis qui disait tout bas à dona Isabelle : *Qui croirait, en la voyant, que c'est la même personne qui, hier, m'a traité avec tant de rigueur ?*

Après le déjeuner il nous quitta pour aller à la chasse, et je restai seule avec ma sœur. Elle me parla de la scène de la veille ; mais comme je la trouvai toujours enchantée du gouverneur, je parus

céder à son avis, et me gardai bien de
lui parler du billet que j'avais reçu.

Le temps, lui dis-je avec douceur,
pourra me déterminer. — Je l'espère,
reprit-elle ; ensuite elle ajouta : Tu as,
hier soir, parlé à quelqu'un qui était
près de la grille ? — Non, je n'ai parlé
à personne ; puis, comme par réflexion,
je lui dis qu'un pauvre vieillard avait
imploré ma pitié, et que je n'avais point
été insensible à sa prière. — Fernando
a pensé que tu avais un amant, et que
sans doute tu avais reçu quelque billet.
— A la vérité il m'en a présenté un.
— De qui venait-il ? — C'était un cer-
tificat des magistrats du village de Vaci,
qui attestaient que ce malheureux ne
mendiait que forcé par la misère qu'é-
prouvait sa famille (1). Je ne voulais point

_____

(1) En Espagne la mendicité est presque re-
gardée comme un état. Les filous, les voleurs

le lire ; mais il m'em a prié avec tant d'instance, que je n'ai pu le lui refuser.

Ma sœur ajouta foi à mon récit, me parla encore de mariage ; mais je ne lui fis point de réponse décisive. Elle m'annonça que le comte devait bientôt partir. Cette nouvelle me fit pâlir. Eh quoi ! déjà il va nous quitter ! —Tu en es affligée ? me demanda-t-elle : qu'il serait heureux s'il t'entendait !

Hélas ! elle était loim de penser au motif qui me faisait aimsi m'exprimer. Je tremblais que cet homme atroce n'allât ordonner le trépas de Florestan.

Il faut tâcher, lui dis-je, de retenir

---

et les paresseux qui sont en grand nombre, menaceraient la tranquillité publique. Ainsi tous ceux qui implorent la pitié des riches, sont porteurs de permissions, sans lesquelles ils ne peuvent se présenter aux portes des maisons de campagne.

le comte encore quelque temps ici.
— Tu en as le pouvoir ; ordonne-le-lui.
— Il faudrait pour cela prendre un prétexte. — Tu n'en as pas besoin ; un de
tes regards est fait pour l'enchaîner
dans ce château. — Je vois, lui dis-je,
un excellent moyen. — Lequel? — Le
père de notre bonne Anna a écrit qu'elle
était libre d'épouser Pédro quand elle
le voudrait. Eh bien ! disposons tout
pour ce mariage, auquel nous prierons
le comte d'assister.

Ma sœur approuva cet avis, et je
suis bien persuadée, ma bonne Anna,
que tu ne seras point fâchée qu'il soit
suivi.

— Mais quelle est votre intention en
retenant ici un homme que vous abhor-
rez? demanda la jeune fille. — De pro-
fiter des fêtes que l'on donnera pour ton
mariage, et de fuir à la faveur du tu-
multe. Je me rendrai au couvent de la

Santa-Maria : mais on ignorera où je serai ; toi seule en seras instruite.

— Eh quoi ! ma chère maîtresse, vous prétendez quitter ce château ? — D'après tout ce que tu sais , ma sûreté ne commande-t-elle pas cette mesure de prudence ? Hélas ! je n'ai que ce moyen à prendre pour éviter d'être bientôt au pouvoir de mon persécuteur. Je quitterai ces lieux avec moins de peine ; je t'y laisserai heureuse. — Heureuse ! dites-vous, quand je tremblerai pour vos jours ! — Rassure-toi ; la grille qui me dérobera à tous les regards , ta discrétion et le bonheur de recevoir des nouvelles de Florestan , me donneront encore quelques instans de félicité.

Anna consentit à accélérer son mariage. Le bon Pédro n'en fut pas fâché, et deux heures après l'entretien que la première avait eu avec Célina , elle se rendit chez dona Isabelle , dont elle obtint la permission pour la célébration de son mariage, qui devait avoir lieu trois jours après.

Les futurs époux supplièrent le comte Fernando d'assister à leur union. Célina était présente ; elle joignit ses instances à celles de ces jeunes amans : elle le fit avec tant de grâce, qu'elle trompa entièrement celui qu'elle voulait fuir ; il eut même la témérité de concevoir quelque espérance favorable à son ridicule amour.

Célina employa l'espace du temps qui restait à s'écouler jusqu'à la fête, à préparer sa fuite, de manière à n'inquiéter aucun des gens du château.

Elle se procura un habit de paysanne, fit porter par Pédro, qui allait à Lisbonne pour des achats relatifs à la noce, tout ce qu'elle possédait, tant en or qu'en bijoux. Il déposa ces objets précieux, enfermés dans un coffre, chez

une de ses sœurs, qui devait ne les remettre qu'à celle qui pourrait lui en
montrer la clef et l'ouvrir devant elle.
Mais il se garda bien de lui dire que
cette personne était la sœur de dom
Carlos.

Tout étant ainsi arrangé, il revint,
ayant acheté un cheval qu'il laissa dans
une petite métairie où Célina allait souvent porter ses bienfaits, et dont les
habitans lui étaient tous dévoués.

Le jour du mariage arriva. Anna,
fraîche comme la rose, fut unie à son
cher Pédro. La joie que lui causait cette
cérémonie n'était pas sans un mélange
de tristesse : elle ne pouvait retenir ses
larmes en pensant qu'elle allait être
éloignée de sa bonne maîtresse, à laquelle elle devait la plus grande reconnaissance ; car celle-ci lui avait fait présent de cinq cents ducats pour monter
son ménage et contribuer à faire valoir

une métairie qu'elle tenait de l'héritage
d'un de ses oncles.

Au sortir de la chapelle où les époux
s'étaient juré un attachement inviolable,
on se rendit au jardin, où l'on avait servi
un grand dîner. Le soir il y eut une danse
générale, qui se prolongea jusqu'au milieu de la nuit. Les maîtres se retirèrent
chacun dans son appartement. Fernando était au comble de l'espérance;
il avait cru voir que Célina ne le regardait plus avec indifférence.

Célina s'occupa des apprêts de son
départ.

Pédro, plus fidèle à la voix de la
reconnaissance qu'à celle de l'amour,
avait quitté les villageois; et tandis que
sa jeune épouse exprimait à sa maîtresse
la douleur qu'elle éprouvait à se séparer
d'elle, il était sorti furtivement du parc,
et avait été chercher le cheval qu'il avait
acheté, afin de l'amener vers la grille.

Minuit sonna à l'horloge du château.
C'était l'heure marquée pour le départ
de l'amante du malheureux Florestan.

Elle embrassa sa chère Anna, lui
recommanda une extrême prudence; et
après avoir déposé sur sa table une lettre
à l'adresse de sa sœur, elle s'arracha
des bras de la jeune mariée, sortit de
son appartement, traversa les jardins,
et fut bientôt hors du parc.

Elle monta le cheval que Pédro lui
présenta, recommanda à celui-ci le
bonheur de son amie, et partit avec
toute la rapidité que lui inspirait la crainte
d'être aperçue de quelques-uns des gens
du comte, qu'elle avait entendus parler
tandis qu'elle traversait les jardins.

Célina croyait bien connaître la route;
et n'ayant point voulu que Pédro l'ac-
compagnât, elle marcha toute la nuit,
et se trouva, après plusieurs heures pas-
sées dans l'obscurité, arrêtée par un

sentier si étroit et tellement rempli de broussailles, que son cheval refusa d'avancer. Enfin elle mit pied à terre et le conduisit par la bride. Mais après avoir fait plus d'une lieue, elle fut effrayée en sentant, à la fraîcheur de l'air dont elle fut frappée, qu'elle était auprès d'une rivière qui lui barrait le chemin. Il fallut qu'elle se décidât à retourner sur ses pas ; mais son cheval, indocile et altéré par la course qu'il avait faite, voulut absolument passer outre et descendre dans l'eau. Elle eut beau employer toute sa force pour le retenir, cela lui devint impossible ; l'animal n'était point d'ailleurs accoutumé à sa voix : il donna une ruade de côté, la renversa à terre, et franchit la rive qui n'était pas éloignée. La rivière se trouvant très-profonde en cet endroit, l'animal y perdit pied et se noya.

Le coup qu'avait reçu la pauvre Célina l'empêcha de pouvoir se relever de suite ; cependant il n'était pas très-dangereux : elle n'avait au bras qu'une légère contusion.

Enfin revenue de sa première frayeur, et le jour commençant à poindre, il lui fit apercevoir que celui qui devait la porter à Lisbonne suivait le fil de l'eau, et qu'il était à jamais perdu pour elle.

L'œil fixé sur cet objet, l'esprit incertain, et ne sachant où se diriger, elle restait dans un état d'immobilité, symbole non équivoque des grandes douleurs. Bientôt la pensée lui vint qu'elle s'était peut-être égarée dans la forêt que l'on disait remplie de voleurs.

Dans cette cruelle inquiétude, elle désirait que quelqu'un vînt à passer pour lui indiquer son chemin ; puis elle tremblait que ses vœux ne fussent exaucés, dans la crainte de voir s'approcher d'elle un de ces hommes, l'effroi du voyageur.

Pendant plus de quatre heures elle resta dans la plus grande anxiété. Combien elle se repentit de n'avoir point accepté l'offre que Pédro lui avait faite de la conduire jusqu'à la porte de Lisbonne !

Le soleil se réfléchissait perpendiculairement dans l'eau, d'où Célina put conclure qu'il était à la moitié de sa course. Le besoin de prendre de la nourriture commençait déjà à se faire sentir, et souvent l'excès du malheur fait renaître le courage.

Célina se recommanda à la Providence; et prit le sentier qu'elle vit à sa droite.

A peine avait-elle fait une demi-lieue, qu'elle entendit plusieurs voix qui semblaient partir d'un taillis qui n'était pas très-éloigné d'elle. Il n'en fallut pas davantage pour la forcer à s'arrêter. Elle redoutait que ce ne fussent les voleurs dont on lui avait parlé lors de la dispa-

rition de Florestam ; ou que s'étant aperçu
de son absence au château, on n'eût envoyé à sa recherche.

Elle était donc dans l'affreuse alter-
native de tomber entre les mains des brigands ou dans celles du comte Fernando,
qui sans doute ne l'aurait point fait conduire auprès de sa sœur.

Comme elle écoutait avec une attention aussi grande que l'était son danger,
elle crut entendre une voix de femme
qui répétait à plusieurs reprises : *Bonne
pêche, Hubert ; bonne pêche ; nos
enfans ont appétit, et je n'ai que fort
peu de chose à leur donner.*

La voix d'une femme, d'une mère
de famille la rassura. Ce sont des malheureux, dit-elle ; ils seront sensibles. Une
joie secrète s'empara de son âme, tant
il est vrai que, dans les circonstances
les plus affligeantes, la moindre lueur
d'espérance cause la plus vive sensation.

.Elle marcha du côté du taillis, et quand elle en fut près, elle vit au travers des broussailles une petite cabane semblable à celles qu'ont les bûcherons dans les bois. La porte en était ouverte, et sur le seuil, une femme, jeune encore, tenait dans ses bras un enfant en bas âge.

Ne craignons rien, se dit intérieurement Célina ; elle entr'ouvrit les branches, et demanda si l'on voulait lui permettre de se reposer un moment.

La paysanne regarda , parut effrayée ; ensuite elle lui dit : Venez, faites encore quelques pas à gauche, je vais vous faciliter les moyens d'arriver auprès de moi.

En effet, Célina se trouva bientôt dans la cabane, où elle vit un vieillard assis sur une escabelle, et près de lui trois jeunes enfans.

Je me suis égarée en allant à Lisbonne, dit Célina ; veuillez me permettre

de me reposer ici, et daignez me donner
quelque nourriture ; depuis hier soir je
suis dans ce bois, et je n'ai rien pris.

La jeune femme regarda son père,
et semblait lui demander ce qu'il fallait
qu'elle fît. Donne, lui dit le vieillard ;
le ciel viendra à notre aide. Homme
bienfaisant, reprit Célina, je juge de
votre bon cœur, et je vois en même
temps votre pénurie. N'est-il point de
village par ici où l'on puisse avec de
l'argent se procurer..... — Pardonnez-
moi ; mais sans un maravédis que peut-
on faire ? Des pleurs obscurcirent les yeux
de la jeune mère de famille.

Au même moment Célina tira sa bourse, et donna un ducat d'or à la femme.
Tenez, lui dit-elle, allez ; donnez-moi
seulement un peu de pain, déposez
votre enfant sur moi, et tâchez de nous
procurer de quoi dîner tous ensemble ;
car je vous demanderai la permission de

1.   10 *

passer une partie du jour avec vous. Je suis tellement fatiguée, que je ne pourrais de suite me rendre à ma destination.

La paysanne lui donna ce qu'elle demandait, et partit pour un petit village qui n'était qu'à un quart de lieue de distance. Bientôt elle en revint chargée de pain, de vin et d'autres denrées. Pendant son absence, Célina apprit qu'elle était dans l'habitation d'un pauvre pêcheur. Le fils du vieillard revint; sa pêche avait été des plus heureuses. Ils dînèrent tous ensemble. Il y avait long-temps que ces bonnes gens n'avaient fait un semblable repas.

Vers le soir, Célina quitta ses hôtes; elle n'était plus qu'à deux lieues de Lisbonne. Elle leur témoigna sa reconnaissance, et mit dans la main d'un des enfans une bourse qui contenait trente ducats; ce qui les mit à même de se souvenir long-temps de la jolie villageoise.

Ils n'eurent point l'imprudence de luî demander son nom, quoiqu'à la richesse de son présent ils présumassent bien que ce n'était point une simple fille de la campagne.

Le pêcheur conduisit Célina jusqu'à la porte de la ville. La nuit était déjà close quand ils y arrivèrent. La jeune fugitive demanda pour toute grâce que si jamais quelqu'un se présentait à la cabane, il ne dît point qu'elle s'y était arrêtée.

Je fuis, ajouta-t-elle, l'esclavage, et peut-être la mort. Vous m'avez paru un honnête homme; je compte sur votre discrétion, comme vous pouvez compter sur la plus grande récompense, si j'ai le bonheur d'échapper au pouvoir de mes implacables ennemis.

Hubert lui promit de penser sans cesse à sa générosité, mais de n'en parler à personne. Dieu seul, lui dit-il, entendra les prières et les vœux que formeront pour vous mon père, ma femme et moi ; et si jamais vous aviez besoin du pêcheur Hubert, songez qu'il est à vous à la vie, à la mort.

Il revint à sa cabane, embrassa son vieux père, sa femme et ses enfans.

Le ciel soit béni ! leur dit-il en versant des larmes de joie ; nous voilà avec une petite fortune. Tous ceux qui me sont chers sont pour long-temps à l'abri du besoin.

FIN DU PREMIER VOLUME.

www.ingramcontent.com/pod-product-compliance
Lightning Source LLC
Chambersburg PA
CBHW061450030726

47503CB00005B/1653